SOKIN 장편소설
FUSION FANTASTIC STORY

코더
이용호

코더 이용호 ₿

SOKIN 장편소설

초판 1쇄 찍은 날 § 2017년 7월 10일
초판 1쇄 펴낸 날 § 2017년 7월 17일

지은이 § SOKIN
펴낸이 § 서경석

편집책임 § 김경민
편집 § 이종식

펴낸곳 § 도서출판 청어람
등록번호 § 제387-1999-000006호
등록일자 § 1999. 5. 31
어람번호 § 제1-2728호

주소 § 경기도 부천시 부일로 483번길 40 서경B/D 3F (우) 14640
전화 § 032-656-4452 팩스 § 032-656-4453
http://www.chungeoram.com
E-mail § chungeorambook@daum.net

ISBN 979-11-04-91389-1 04810
ISBN 979-11-04-91134-7 (세트)

8

SOKIN 장편소설

FUSION FANTASTIC STORY

코더 이용호

도서출판 청어람

Contents

코더
이용호

Chapter 1

계약 변경

부산 해운대.

한 여자가 짙게 화장한 눈썹을 한껏 치켜세운 채 전화기를 붙들고 있었다.

"오빠 어디야."

여자의 뾰족한 음성에 전화기 너머 저편에서 남자의 더듬거리는 목소리가 들려왔다.

"여, 여기 친구들이랑 같이 있지."

"친구들이랑 있는 거야 이미 알고 있는 사실이고, 어디에 있냐고!"

여자의 계속되는 추궁에 남자의 목소리에는 한껏 긴장이 서렸다. 더 이상 통화를 이어나가고 싶지 않은 기색이 역력했다.

그럴수록 여자는 핸드폰에 더욱 가까이 귀와 입을 가져다 대었다.

"어딘지 당장 말해… 말 안 하면."

"으, 응? 자, 잘 안 들려."

"당장 어딘지 말하라고!"

뚝.

"허, 헐. 야! 야! 이게 지금 전화를 끊었어!"

화가 난 여자가 소리쳐도 소용이 없었다. 몇 번이고 다시 걸었지만 통화를 연결할 수 없다는 안내만 들릴 뿐이었다.

그 후 몇 분이 지나지 않아 인터넷에 기사가 올라오기 시작했다.

—KO 통신 부산 지역 통신망 마비 발생

여자의 핸드폰도, 남자의 핸드폰도 KO 통신사를 사용하고 있었다. 문자를 보낼 수도, 전화를 걸 수도 없었다.

*   *   *

마치 전염병이 퍼지는 모습 같았다. KO 통신의 통화 품질을 알려주는 전광판에 나타난 빨간 점이 부산에서 대구로 이어지고 있었다.

아직은 초록색 점이 우세했지만 상황은 악화일로를 걷는 중이다. 개선의 기미가 보이지 않았다.

"그래서 아직 해결책을 못 찾았다?"

상황실의 사람들은 혼란스럽게 움직였다. 끊이지 않고 울리는 전화를 응대하고 새롭게 추가된 좀비 기지국을 업데이트했다. 그 와중에 상사에게 보고까지 해야 했다.

"네⋯⋯."

"그럼 지금 여기서 할 수 있는 일이 뭔데?"

"기지국 관리 기사가 오류를 수정할 때까지 기다리는 수밖에는⋯⋯."

보고를 받고 있던 상사가 말아 쥔 주먹으로 책상을 내려쳤다. 답답하다는 뜻이었다.

"가봐!"

상사의 말에 남자는 부리나케 도망쳤다. 어차피 그 자리에서 있어봤자 좋은 꼴 보기 힘들었다.

1,000억.

용호가 부른 숫자였다.

버그 및 오류 해결 전문 업체를 표방하고 있는 Fixbugs였다. KO 통신 자체에서 문제 해결을 하는 중이었지만 혹시나 하여 용호에게도 연락이 갔다.

이미 Fixbugs의 성능을 확인해 보았다는 점도 작용했다. 그러나 용호가 부른 숫자에 경악할 수밖에 없었다.

"제가 볼 때는 부산에서 끝날 것 같지 않습니다. 이런 기세라면 대구, 대전 등 전국 거점 지역이 모두 마비될 겁니다."

용호는 천억을 부른 근거에 대해 나름 차근히 답변해 주었다. 그러나 콘택트를 해온 이두희는 오히려 어처구니없어 했다.

"천억이면 차세대 시스템을 구축할 돈입니다… 정말 말이 된다 생각하고 부르시는 겁니까?"

"그거야 앞으로 두고 보면 되겠죠. 싫으면 마십시오."

뚝.

이번에는 용호가 먼저 전화를 끊었다. 이두희는 멍하니 전화기를 내려놓았다.

용호가 부른 액수에 놀랐고, 용호의 말대로 사태가 이대로 끝나지 않을 조짐을 보이고 있었기에 더욱 놀랐다.

이번 일이 제대로 해결되지 못하면 자신도 자리를 보전하지 못할 것이다.

KO 통신의 빅 데이터 전략을 수립한 것이 바로 자신이었다.

북한 해커의 소행으로 생각된다.

언론에 배포된 내용이었다. 형체도 없는 북한 해커는 전산망이 오류를 일으킬 때마다 등장하는 단골손님이었다.

IT 강국이라고 불리는 대한민국이 북한 해커 집단에게 맥을 못 추는 것이다.

"또 북한 해커라……."

용호도 뉴스를 확인하고는 중얼거렸다.

북한 해커 집단의 소행으로 추측되는 KO 통신망 마비 공격이 벌어지고 있다.

곧 해결할 것이니 걱정하지 말고 기다려 달라.

"이래서 계약이나 할 수 있을지 모르겠어."

안병훈은 여전히 계약이 걱정이었다. 뉴스를 보는 용호의 평온한 얼굴이 그저 얄밉기만 했다.

"사장님은 걱정 안 되십니까?"

"걱정되죠. 오늘 점심은 또 무얼 먹어야 하나⋯ 이 주변 식당은 이제 다 가봐서, 딱히 뭘 먹어야 할지 모르겠네요."

"⋯⋯."

안병훈은 자신이 용호를 한참 잘못 보았다고 생각했다. 인턴 시절 모든 일에 성실하고, 하나라도 더 배우겠다며 늦게까지 남아 있던 그 사람이 아니었다. 그때를 추억하기에는 시간이 너무 많이 흘렀다.

빨간색 점이 길게 늘어져 있었다. 대구를 지나 대전까지 통화 품질에 이상이 생겼다.

"⋯방법이 없다는 말입니까?"

"⋯⋯."

"모르는 건 아니고요?"

회장인 고진성이 직접 회의를 주관했다. 긴박함이 넘치는 바깥 상황과 달리 회의실 안은 조용하기만 했다.

"모른다, 모른다, 모른다, 모른다⋯⋯."

"경쟁 업체의 도움을 받는 건 어떨까요?"

한 임원이 의견을 개진했다. 경쟁 업체라 하면 S로 시작하는 통신 업체였다.

KO 통신 직원들은 S를 small의 약자라며 비하하기 일쑤였다. 그러나 결정적인 상황에서 경쟁 업체를 찾았다.

"Fixbugs에서는 뭐라고 합니까?"

"해결할 수 있다고 했습니다."

자리에 배석해 있던 이두희가 입을 열었다. 해결할 수 있다는 말에 회의실을 가득 채우고 있던 임원들의 얼굴이 모두 이두희에게 향했다.

"그럼⋯ 당장 부르지 않고 뭘 하는 겁니까!"

고진성도 답답했는지 언성을 높였다. 일분일초가 아까운 시간이다. 이대로 시간이 더 흐른다는 건 상상조차 하고 싶지 않았다.

"그게, 그쪽에서 컨설팅 비용을 너무 과다하게 책정했습니다."

"얼마입니까?"

잠시 물을 한 모금 마신 이두희가 입을 열었다.

"천억입니다."

"⋯⋯."

침묵이 흘렀다. 아무도 쉬이 입을 열지 않았다.

대전까지 마비되자 남부 지방에서 KO 통신은 쓸모가 없어졌다. 전화, 문자⋯ 데이터도 사용할 수 없었다.

되는 거라곤 핸드폰에 들어 있는 음악을 재생시키거나 카메라를 이용하여 사진을 찍는 것밖에 없었다.

핸드폰이 순식간에 카메라나 MP3 플레이어로 전락해 버렸다. 핸드폰을 만지작거리던 대학생 한 명이 옆에 앉아 있던 친구에게 물었다.

"너도 안 되냐?"

"너도?"

"와, 진짜 KO 통신에 KO 당했네."

"그러게, 벌써 한 시간쨀데……."

부산에서 시작되어 대구를 거쳐 대전까지 마비되었다. 남부를 가로지르는 선이 하나 그어졌다.

상황판을 보고 있던 KO 통신 직원 한 명이 대전에서 서울까지 빨간색 선을 하나 그었다.

"만약 이 선이 이렇게 위로 그어지면… 끝입니다."

끝이다. 서울 인구가 천만, 그중에서 KO 통신사를 사용하는 사람만 300만 정도였다.

"도대체 뭐 하는 건가. 아직까지 문제 해결도 못 하고, 버그도 아니다, 해킹도 아니다. 뭐야, 응? 월급 받고 하는 일이 뭐냐고!"

열을 내던 담당자가 한숨을 크게 내쉬었다.

"하아… 일단 스토리지에 생성되는 로그는 패치해서 생성되지 않도록 했습니다. 더 이상 스토리지가 차지는 않는데……."

"않는데?"

"하나를 선택해야 하는 상황입니다. 함께 넘어오는 과금 관련 정보까지 없어서 무료로 당분간 사용하게 해줄 것이냐. 아니면 아예 통신망을 이용하지 못하게 할 것인가."

"둘 다 싫으니까 해결을 하라고!"

"……."

상황실에 있던 직원 한 명이 조금씩 빨간 선을 위로 그어 올렸다. 곧 서울까지 올 기세였다.

몇 번의 시도 끝에 겨우 통화가 연결되었다. 시간을 두고 해결하자면 못 할 것도 없다. 그러나 당장 해결해야 한다.

일분일초가 돈인 상황이다. 차근차근 살펴보며 해결할 시간이 없다.

호언장담을 하는 용호에게 매달릴 수밖에 없는 상황이 마련된 것이다.

"천억에서 깎아달라고요?"

"…너무 과한 금액입니다."

"계약 변경을 말씀하시는 겁니까?"

"네?"

이두희는 순간 용호의 말을 이해하지 못했다. 계약 변경이라니 계약을 한 적도 없었다.

"계속해서 해결해 달라고 하니, 천억에서 이천억으로 계약 변경을 해달라는 말씀이신 것 같아서요."

"……"

용호의 말에 이두희는 완전히 할 말을 잃은 듯했다. 지금과 같은 상황만 아니었다면 온갖 쌍욕을 퍼부어주었을 것이다.

그러나 지금은 자신이 약자다. 그럴 수가 없다.

용호를 설득하라는 특명을 받은 상태였다.

"영 방법이 없는 건 아닙니다."

기진맥진해하며 수화기에서 잠시 입을 뗀 상태였던 이두희가 빠르게 수화기에 얼굴을 가까이 대었다.

"그, 그게 뭡니까?"

"계. 약. 변. 경."

용호가 자신이 원하는 바를 한 자 한 자 끊어서 똑똑히 다시 읊어주었다.

물론 이번 건에 대한 계약금은 받아야 한다.

서울에도 한두 명씩 통화가 안 된다는 사람이 나타났다. 도무지 이해가 가지 않는 상황이었다.

해킹이 아니고서는 이런 상황이 연출될 수가 없다고 생각했다. 버그가 악성코드도 아닌 이상에야 어떻게 기지국을 이동하며 발생할 수 있단 말인가?

KO 통신 직원들 대부분이 작금의 상황을 제대로 이해하고 있지 못했다.

그럴 수밖에 없다.

오직 단 한 명만이 지금의 상황을 정확하게 파악하여 해결할 수 있는 능력을 가지고 있었다.

"카스퍼스키, 이만하면 될 것 같다."

―알았어, 올라갈게.

용호는 근처 피시방에서 게임을 하고 있던 카스퍼스키에게 연락했다.

원하는 바를 이루었으니 해결을 해줄 차례였다.

서울 쪽으로 꼬리를 물고 빠르게 올라가던 선이 멈추었다. 이내 시간이 흐르자 조금씩 아래로 내려가기 시작했다.

KO 통신 상황실의 사람들이 한두 명씩 안도의 한숨을 내쉬기 시작했다.

"정말 해결된 거 맞아?"

문제가 발생하고 채 4시간도 지나지 않은 시점이다. 전 직원이 비상대기 상태로 대기하며 상황을 주시하던 중이었다.

그러던 것이 이제야 해결될 기미가 보이는 것이다.

"그, 그런 것 같습니다."

"Fixbugs는 도대체 어떻게 해결한 거야?"

"영업 비밀이라면서 방법은 알려줄 수 없다고."

"…무슨 말 같지도 않은 소리를."

"방법은 묻지 않는 걸로 계약서에 넣어달라고 했답니다."

"완전 무법자구먼."

상황실에 근무하던 한 직원의 말에 주변에 있던 몇몇 개발자들의 인상이 찌푸려졌다.

'무법자는 너잖아.'

무법자였다.

안병훈이 보기에 용호는 거칠 것이 없어 보였다. 자신만만하게 말한 대로 갱신된 계약을 들고 와 안병훈 앞에 내밀었다.

"이제 된 거죠?"

KO 통신에서 받아온 계약서에는 수정된 내용들이 선명하게 들어가 있었다.

불가능하다고 생각했던 문구들이 하나같이 첨부되어 있었다. 거기에 특이한 조항 하나가 더 들어가 있었다.

"이건 뭡니까?"

안병훈이 보고 있는 계약서의 마지막에 적혀 있는 문구 하나.

정직원과 동일한 비용으로 식당을 이용할 수 있도록 한다.

"아, 그거 제가 넣어달라고 했습니다. 협력사도 KO 통신 일 해주는 건데 치사하게 500원인가 더 받더라고요. 그거 받아서 얼마나 부자 되겠다고."

"……."

"그래서 넣었습니다. 동일한 가격에 식당을 이용할 수 있게 해 달라고."

안병훈은 하고 싶은 말이 있었지만 속으로 삼킬 수밖에 없었다.

'네, 네가 더 치사한 것 같아.'

치사하든 치사하지 않든 결과가 말해주었다. 용호의 말대로 되었다. 안병훈은 새로운 눈으로 용호를 바라보았다.

*   *   *

계약 조건이 변경되자마자 사무실로 정단비가 쳐들어왔다.

"시간 되면 같이 밥 한번 먹어요."

다른 대답은 듣지 않겠다는 듯 용호의 앞에 서서 한 발자국도 움직이지 않았다.

갑자기 사무실로 쳐들어온 미녀에게 사무실에 있는 직원들의 시선이 쏠렸다.

그 속에는 루시아도, 서보미도 있었다.

"바, 밥이요?"

정단비의 기세가 워낙 강렬했던지 의자에 앉아 있던 용호도 주춤할 수밖에 없었다.

"네, 밥이요."

힘이 팍 들어간 두 눈이 예전과는 달리 귀엽게 느껴졌다. 정단비는 웨이브 진 긴 머리에 몸매가 드러나는 청바지를 입고 있었다. 위에 걸친 하얀색 셔츠와 검은색 재킷이 세련미를 더했다.

그래서일까, 쉽게 범접할 수 없는 분위기를 풍겼지만 용호에게는 아니었다.

"그래요, 저녁 먹는 게 뭐 어려운 일도 아니고."

마침 퇴근 시간이기도 했다. 일도 잘 풀렸겠다, 오늘 하루쯤
은 일찍 퇴근해 맛있는 저녁을 먹어도 될 것 같았다.

용호의 예감이 적중했다. 왜 이렇게 부리나케 자신을 찾아왔
나 했더니, 역시나였다.

"어떻게 한 거예요?"

아직 식탁 위에 음식이 나오지도 않았다. 정단비는 도저히
못 참겠다는 듯 용호에게 물어왔다.

용호가 옆에 놓여 있던 물을 한 잔 따라 마시며 되물었다.

"뭘요?"

"둘 다."

"네?"

"정말 이럴 거예요!"

마치 다 알면서 뭘 자꾸 반문하냐고 항의하는 듯했다. 정단
비가 빽액 소리 질렀지만 그리 듣기 싫은 소리가 아니었다.

오히려 놀리는 재미가 쏠쏠했다. 용호는 쉽게 대답해 주지
않았다.

"영업 비밀이라… 이거 말해 드려도 될지 모르겠는데……"

용호가 정단비를 보며 의뭉스럽게 굴었다. 계약이 변경되었
다. 그리고 이번 KO 통신 마비 사태를 해결했다.

어느 것 하나 놀라지 않을 수가 없었다.

항상 그랬다.

이건 불가능하겠지. 저건 정말 안 되겠지.

이것까지 되면… 정말 모르겠다.

"정말 모르겠다."

정단비의 솔직한 심정이었다.

"여전히 여기는 맛이 좋네요."

용호가 미국으로 가기 전, 정단비가 신세기를 나와 벤처를 시작하겠다고 발표한 그 한우집이었다.

빨간 고기 위를 하얀 지방들이 예쁘게 수를 놓았다. 완벽한 마블링, A++ 등급의 고기들이었다.

"많이 먹어요. 덕분에 우리 회사도 첫 매출이 발생했으니까."

"하하, 이거 그럼 제가 접대받고 있는 건가요?"

고기를 한 점 집어 입으로 가져가던 정단비가 순간 멈칫했다.

따지고 보면 틀린 말이 아니었다. 그리고 새삼 느꼈다.

용호는 자신의 품에 거둘 만한 인재가 아니었다. 그러기에는 자신의 그릇이 너무 작았다.

"그러니까, 앞으로도 잘해줘요."

"당연히 그래야죠. 제가 누구 때문에 여기까지 왔는데. 저 은혜도 모르는 그런 놈 아닙니다."

"그래요, 그랬으면 좋겠어요."

정단비는 왠지 씁쓸해졌다. 지금의 상황이 과히 기분 좋지만은 않았다.

자신이 발탁해서 키운 사람이 이제는 자신을 뛰어넘었다. 상황은 반대가 되었고, 앞으로 또 얼마나 성장할지 감조차 잡히지 않았다.

재벌가의 딸이 아니라면 자신은 어떻게 됐을까?

술이 먹고 싶어졌다.

*   *   *

디제이의 현란한 손놀림에서 나오는 비트가 군중을 열광시켰다. 대형 스피커에서 나오는 떨림이 가만히 있어도 사람들의 심장을 때렸다.

"팀장님, 이런 곳도 오세요?"

용호가 정단비의 뒤를 쫓아 클럽 안으로 들어섰다. 얼떨결에 따라온 곳은 강남에서 가장 핫하다는 클럽이었다. 들어서자마자 둘은 VIP 룸으로 안내되었다.

VIP 룸은 클럽 내부 2층에 위치했다. 오는 길에 보았던 남녀들은 하나같이 외적 조건들이 우수해 보였다.

룸 안으로 들어서니 길게 늘어진 탁자에 고급스러운 소파가 눈에 들어왔다. 거기에 사방의 벽이 유리로 된 룸은 클럽 한가운데에 위치한 스테이지를 한눈에 볼 수 있었다.

"용호 씨는 어때요?"

"저야 뭐……."

용호가 기억을 더듬었다. 어릴 때는 돈이 없어서 가보지 못했다. 기껏 간 곳이 삼만 오천 원에 맥주 5병과 마른안주가 나오는 관급 나이트클럽이 다였다.

그것도 손에 꼽을 정도였다. 직장을 다니면서부터는 시간이 없었다. 오로지 성공하겠다는 일념 하나로 일에만 집중했다.

생각을 마친 용호가 답했다.

"생각해 보니, 처음이네요."

"그럼 오늘 신나게 놀아봐요!"

정단비가 따로 부르지 않았음에도 자동으로 세팅이 되고 있었다. 어떤 술을 시킬지 어떤 안주를 시킬지 메뉴판을 보지 않아도 된다.

이미 정단비가 클럽에 오겠다고 마음먹는 순간 준비되어 있던 것들이었다.

쿠웅! 쿵쿵!

강렬한 비트가 온몸을 때렸다. 매일 컴퓨터 앞에 앉아 있기만 하다가 이런 곳을 오니 분명 새롭기는 했다.

'나랑은 영 안 맞네.'

그러나 새롭다는 게 다였다. 고막은 떨어져 나갈 것 같았고, 몇 분 서 있지도 않았는데 다리가 아파왔다.

반면, 오늘 밤을 완전히 하얗게 태우겠다는 정단비의 강력한 의지가 느껴졌다.

긴 머리를 휘날리며 고개를 흔들고 있었다. 흰색 셔츠가 조금씩 땀에 젖어 가슴에 밀착되었지만 전혀 신경 쓰는 눈치가 아니었다.

오히려 더욱 도발적으로 자신의 몸을 쓸어내렸다. 그런 용호의 얼굴로 정단비의 얼굴이 '훅' 들어왔다.

이곳은 클럽, 얼굴을 가까이하지 않으면 말할 수 없는 곳이다.

"뭐 해요! 재미없어요?"

"아, 재미있습니다. 신기하네요!"

용호도 마주 소리쳐 주었다. 양손을 어색하게 어깨 높이로 든 채 뻣뻣한 두 다리를 겨우 움직이고 있었다. 주변에 춤을 추고 있는 청춘들을 보며 따라 한다고 따라 했지만… '아재' 그 이상도 이하도 아니었다.

"가까이 와봐요. 내가 알려줄 테니까!"

용호의 몸은 더욱 뻣뻣해졌다. 지금도 사람들 사이에 끼어 손만 뻗으면 닿을 거리였다. 이 거리에서도 어색하기 그지없었다.

어색함에 멈칫거리는 용호의 앞에 웬 건장한 청년이 눈에 들어왔다.

부비, 부비.

건장한 청년 한 명이 뒤편에서 몸을 밀착시키며, 정단비의 허리에 살포시 손을 얹었다.

'저리 꺼져.'

말로 하지 않았지만 용호의 귓가로 들리는 듯했다. 아직 대학생처럼 보이는 앳된 얼굴에 몸은 적당한 근육으로 딱 보기 좋은 상태였다.

얼굴도 호감형에 꽤나 많은 여자를 만나봤을 듯한 얼굴이었다. 그러나 상대가 안 좋았다.

정단비도 누군가가 자신의 몸에 밀착했다는 사실을 인지한 듯했다.

"꺼져."

그러고는 손을 들어 엄지와 중지를 부딪쳐 딱 소리를 냈다.

'으, 응?'

용호도 놀랐다. 순간 정단비의 뒤편에서 밀착하던 남자의 양옆으로 건장한 청년 둘이 다가갔다. 그러고는 이내 소리 소문 없이 사라졌다.

"이리 가까이 와봐요."

이번에는 정단비가 손을 내밀어 용호를 끌어당겼다.

땀, 알코올, 그리고 향긋한 향수 냄새가 용호의 정신을 마비시켰다. 정신없는 밤이 지나가고 있었다.

*   *   *

콩나물국을 올려놓으며 어머니가 한마디 하셨다.

"어디서 그렇게 술을 먹은 게야."

집에 들어온 것이 새벽 4시쯤, 사실 어젯밤의 일이 잘 기억나지 않았다. 용호는 그저 따뜻한 국물로 배를 채우며 숙취를 달랠 뿐이었다.

"이렇게 술 먹고 다닐 거 같으면 어서 결혼해야지."

사장도 피해갈 수 없는 어머니의 잔소리 타임이다. 용호는 그저 묵묵히 듣고만 있었다.

이제 30대가 넘었는데 언제 결혼할 거냐.

우리도 이제 손자가 보고 싶다.

만나는 처자는 있는 거냐.

이대로 듣고 있다가는 끝이 없을 것 같았다. 용호는 빠르게 콩나물국을 한 그릇 비우고 자리에서 일어났다.

"나 출근해 볼게."

용호가 급하게 가방을 챙겨 집을 나섰다. 어찌 보면 집안을 일으킨 자식이다. 잔소리도 출근하는 용호를 막을 수 없었다.

아직 운전기사를 쓰기에는 회사 규모가 작았다. 그렇다고 아침부터 운전을 하고 다니기는 귀찮았다.

결국 대중교통을 이용할 수밖에 없었다.

'출근 시간을 좀 더 늦춰야겠어.'

아침 지하철은 사람이 너무 많았다. 더구나 역삼역은 회사 밀집 지역, 많은 사람들이 타고 내리는 곳이다.

사장이라고 규정된 출근 시간을 어기는 모습을 보이고 싶지 않았다.

그럴 바에야 출근 시간을 늦추겠다.

용호가 다짐을 하며 지하철을 기다렸다.

"언제 오는 거야."

거북한 속을 부여잡고 자리에 앉아 지하철 도착 정보를 쳐다보았다.

열차 행선지 정보 불일치로 점검 중에 있습니다. 신속히 조치하겠습니다.

행선지를 안내해 주는 스크린에 떠 있는 문구였다.

"저기에 딱 Fixbugs가 들어가면 좋겠는데 말이야."

용호는 혹시 버그를 발견할 수 있을까, 스크린을 계속 주시했다. 백 엔드에서 에러가 발생한 건지, 특별히 나오는 정보는 없었다. 마침 지하철이 들어오고 있었다. 용호가 아쉬움을 삼키며 지하철에 몸을 실었다.

예전부터 생각하고 있던 일이었다. 마침 시기가 좋았다. SW 진흥 개정법이 발효되고 중견 기업에도 기회가 생겼지만, 기술력 있는 중소기업에도 많은 기회가 생겼다. 두 개의 SW 업체가 경쟁할 경우 이른바 BMT(benchmarking)를 하도록 정해졌다.

정해진 지표에 대해 BMT를 실시하여 우수한 업체가 선정되는 것이다.

"공공 부문에도 진출을 해야 하는데… 거기가 노다지란 말이야."

용호는 지하철 손잡이를 잡은 채 계속 같은 생각에 몰두했다. 현기 자동차와 KO 통신에 판로를 뚫으면서 민간 기업에 대한 포트폴리오는 어느 정도 완성한 상태였다.

이제 공공 분야가 남았다. 한국의 공공 분야에만 진출할 생각은 없었다. 미국에 있는 지사를 통해 미국, 그리고 중국에도 진출할 생각이었다.

"생각대로만 된다면야······."

덜컹.

한참 생각에 잠겨 있던 용호의 몸이 한차례 출렁였다.

"뭐, 뭐야."

앉아 있던 사람들도 진동을 느낀 듯 당황스러움을 감추지 못했다. 그러고는 정지된 열차, 혼란은 커져만 갔다.

다행히 몇 초의 시간이 흐른 후 안내 방송이 흘러나왔다.

─잠시 열차 운행상의 문제로 정차하고 있습니다. 승객 여러분께 불편을 드려 죄송합니다. 조속히 조치하여 정상 운행토록 하겠습니다.

그제야 사람들의 혼란도 조금은 진정되는 듯했다.

"무슨 일이지······."

궁금했지만 전혀 알 길이 없었다.

시계를 확인해 보니 9시 50분이었다. 이대로라면 지각은 확정이었다.

덜컹.

다시금 지하철이 덜컹거리며 움직이려 했다. 그러나 그 순간뿐이었다. 삼 미터도 못 가 지하철이 다시 멈추었다.

혼란스러움에 주변을 두리번거리던 용호의 눈에 익숙한 얼굴이 눈에 들어왔다.

'서보미 씨?'

안절부절못하며 어찌할 바를 몰라 하고 있었다. 가까이 다가간 용호가 인기척을 냈다.

"서보미 씨."

용호의 얼굴을 확인하자 서보미가 안도의 한숨을 내쉬었다. 지금의 상황을 설명해 줄 사람이 나타났다는 것에 대한 안심인 듯했다.

용호가 상황 설명을 마치고 나자 다시 안내 방송이 흘러나왔다.

—승객 여러분께 안내 방송 드립니다. 운행 시스템의 문제로 현재 열차의 운행이 정지되었습니다. 승객 여러분께서는 하차하여 역무원의 안내에 따라 대피로로 이동해 주시기 바랍니다. 다시 한번 안내드립니다.

지하철에서 하차하라는 말이었다.

"이거… 일이 쉽게 풀릴지도 모르겠는데."

어쩌면 위기일 수도 있는 그 순간 용호는 기회를 보았다. 열린 문을 통해 나온 용호가 지하철의 운전석 쪽으로 걸어갔다.

운전석 문은 열려 있었고, 기관사가 무전을 하고 있었다.

"네, 네. ATO 시스템에 뭔가 문제가 생긴 것 같습니다."

듣고 있는 용호도 모르는 용어들이었다.

ATO(Automatic train operation : 자동 열차 운전 장치).

말 그대로 자동으로 지하철을 운행해 주는 장치였다.

"ATS 시스템과 혼용해서 사용하다 보니 지상 신호 장치 간에 교섭이 발생한 것 같은데……."

용호는 가만히 서서 기관사가 통화하는 내용을 듣고 있었다.

'역시.'

예상대로 시스템에 문제가 생겼다. 잠시 뒤 기관사가 전화를 끊고 대피하지 않고 있던 용호를 바라보았다.

"무슨 일이십니까?"

"…그게 운전석 좀 볼 수 있을까요? 제가 이쪽 분야 개발을 오랫동안 해와서 문제를 해결할 수 있을 것 같아서요."

"네?"

덜컹.

순간 열차가 덜컹이며 움직였다. 기관사도 놀랐는지 운전석 안쪽으로 뛰어들어 갔다.

덜컹.

조금이지만 또 한 번 움직였다. 한창 사람들이 대피로를 통해 이동하고 있었다.

지하철이 움직이려 하는 방향이 바로 그쪽이었다.

Chapter 2

공공 부문 진출

역무원의 안내에 따라 사람들이 삼삼오오 무리 지어 이동했다. 어두컴컴한 터널에서 빛이 보이는 쪽으로 걸어가는 길은 생각보다 짧지 않았다.

　"출근해야 되는데 이게 뭔 날벼락이래."

　몇몇 사람들이 불평을 토로했다.

　"그러게 말입니다. 머리털 나고 지하철 멈춰서 걸어가 보기는 처음이네."

　누구나 할 수 있는 경험은 아니다. 종종 신문이나 언론에서 본 적은 있지만 이렇게 직접 걸을 기회는 없다.

　"어이, 거기 역무원 양반. 얼마나 더 가야 됩니까?"

　"이제 조금만 더 가시면 됩니다."

조금만 더 가야 했다. 그러나 그 조금의 시간도 세상은 허락하지 않으려 했다.

대피로를 통해 걷고 있는 사람들의 뒤로 어둠의 그림자가 드리우고 있었다.

*　　　　*　　　　*

"뭐, 뭡니까."

안쪽으로 난입한 용호를 보며 기관사가 물었다. 그러나 용호는 답하지 않았다. 오히려 질문을 던졌다.

"지금 이거 움직이고 있는 거 아닙니까?"

기관사가 주춤거리며 물러났다.

"누구예요. 왜 이러는 겁니까!"

용호는 대형 사고를 직감했다. 앞쪽에서 아직 사람들의 웅성거림이 들려오는 중이다. 아직 대피가 끝나지 않았다는 말이다.

"어서 내려가세요!"

기관사는 용호를 밀치고는 매뉴얼을 펼쳐들었다. 장애 발생시 조치해야 할 내용이 상세히 적혀 있는 책자였다.

빠르게 살펴보았지만 알맞은 내용이 보이지 않았다. 당황해서인지 더욱 눈에 들어오지 않았다.

덜컹.

지하철이 다시 한번 바퀴를 움직였다. 그 소리를 들은 용호가 기관사에게 소리쳤다.

"지금 움직이고 있잖아요!"

"…이, 이게 왜 이러지."

용호의 고함에 기관사는 더욱 당황한 듯 보였다. 어느 순간 뒤따라 들어온 서보미가 용호를 보며 침착하게 중얼거렸다.

"사장님, 사장님이 나설 일이 아닙니다. 여기 전문가는 이분이십니다. 고함을 지른다고 멈추는 게 아니란 말입니다."

냉정한 서보미의 말이 용호의 정신을 일깨웠다.

용호는 기계의 이곳저곳을 살폈다. 혹시나 프로그램상의 이상이 없는지 알아내려는 것이다.

'뭐지, 왜 이러는 거야.'

용호의 마음이 급해졌다. 지하철은 속력을 내고 싶다는 듯 멈추지 않고 바퀴를 움직여 갔다. 한 번, 두 번 움직이다 멈추는 것이 아니었다.

제동 장치도 말을 듣지 않았다.

제목 : ATO 시스템 주파수 간섭에 의한 데이터 변조
내용 : ATO 시스템과 ATS 시스템의 중첩 설치에 의한 신호 간섭으로 데이터 변조가 일어났습니다.

"제동 장치는, 비상 제동 장치는 왜 말을 안 듣는 거야!"

버그의 내용은 지금 열차가 움직이고 있는 이유였다. 거기에

제동 장치에 대한 내용이 없었다.

옆에 서 있던 서보미가 긴급한 상황에서도 용호를 이상하다는 눈빛으로 바라보았다.

기관사가 조작하는 장치들을 보며 중얼거리는 용호가 마치 정신병자처럼 느껴졌다.

패닉.

종합관제센터는 말 그대로 패닉 상태였다. 그렇지 않아도 얼마 전 왕십리에서 일어난 열차 추돌 사고로 언론의 십자 포화를 맞은 상태였다.

"ATS는 왜 작동을 안 하는 거야!"

"…현재 파악하고 있습니다."

"기관사는 뭘 하는데?"

"제동 장치를 구동시켰으나 문제가 있는지 움직이질 않는다고……"

"지금 대피로에 몇 명이 있는지 알아?"

"……."

"당장 내려가서 몸으로라도 막으란 말이야!"

이 일로 인해 누군가 회사에서 잘리고 말고 할 문제가 아니었다. 수십, 아니, 수백 명의 목숨이 달린 일이었다.

삐뽀. 삐뽀.

역삼역을 향해 수 대의 소방차가 응급차가 도로 사정을 무시한 채 달려갔다. 그렇지 않아도 꽉 막힌 강남역 일대가 마치 모세의 기적처럼 반으로 갈라졌다.

"현재 상황은?"

"지하철 속력이 조금씩 올라가고 있다고 합니다."

"승객들과의 거리는?"

"한 400미터 정도 된다고 합니다."

"…밟아."

"알겠습니다."

소방차가 한층 속도를 내며 강남대로를 내달렸다. 지금은 사고 날 걸 걱정할 때가 아니었다.

까딱하다간 지하 터널이 공동묘지로 변할 위기였다.

쾅!

"도대체 일 처리를 어떻게 하는 겁니까!"

서울 시장은 도무지 어이가 없었다. 도대체 일을 어떻게 하길래 이런 일이 생기도록 한단 말인가.

전 국민이 안전에 대한 극도의 관심을 표할 일이 바로 얼마 전 지나갔다.

그런데 다시금 비슷한 상황이 벌어진 것이다.

"그래서 승객들 대피 상황은 어떻습니까?"

"혼란을 야기할까 싶어서 아직 안내를 하진 않은 상황입니다."

"뭐 하는 겁니까! 어서 담당자에게 연락해서 대피시키세요!"

서울 시장이 담당자에게 삿대질을 하며 소리쳤다. 혹시나 뒤처지는 아이나 노약자에게서 제2의 피해가 발생할까 싶어 아직 승객들에게 현재 상황을 통지하지 않았다.

겨우 500미터만 이동하면 된다. 열차가 움직이기 전에 탈출할 수 있을 것이라 생각했다.

*　　　　*　　　　*

"이거 숫자가 계속 올라가는데… 제동 장치는 어디 있습니까?"

용호가 당황하여 매뉴얼만을 보고 있는 기관사에게 물었다. 딱 봐도 자신보다 어려 보였다. 경험이 적다는 뜻이었다.

"제동 장치가 어디 있냐고요!"

매뉴얼만 뒤지는 기관사를 향해 용호가 다시금 소리쳤다. 운전석에 떠워져 있는 계기판에 각종 정보들이 나타나 있었다. 운전 모드는 STOP으로 현재 속도는 5km, 분명 문제가 있다는 뜻이었다.

그리고 점차 승객들에게 가까이 가고 있다는 말이기도 했다.

"여, 여기."

기관사가 만지고 있던 장치를 가리켰다. 수동 제동 장치를 작동시켰지만 말을 듣고 있지 않았다.

용호가 함께 움직여 보았지만 지하철은 멈추기는커녕 오히려 더욱 전진하기만 했다.

"뭐지, 왜 안 나타나는 거지."

용호가 장치의 이곳저곳을 살펴보며 계속해서 중얼거렸다. 분명 문제가 있다면 버그 창에 나타날 것이다.

왜 속도가 빨라졌는지는 버그 창에 나타났다. 하지만 제동 장치가 작동하지 않는 원인이 보이지 않았다.

"내가 뭘 놓친 걸까."

계속해서 중얼거리는 용호를 서보미가 이상하게 바라보았다. 뭘 놓치다니. 도무지 무슨 말인지 이해가 가지 않았다. 지금 이 상황에서 할 말이 아니었다.

"사장님, 괜찮으세요?"

혹시나 혼란스러운 상황에 정신적으로 장애를 일으키고 있는 건 아닌지 하여 조심스레 물었다.

그러나 용호는 대꾸도 하지 않았다.

"내가 뭘 놓치고 있는 거지……."

계속해서 고민에 고민을 거듭할 뿐이었다.

"으아아아아악!"

이미 예상된 결과였다. 역무원의 말을 들은 사람들이 너도나도 미친 듯이 뛰어나가기 시작했다.

뒤처지는 건 노인과 여자, 그리고 아이들이었다. 대부분이 직장에 출근하는 직장인들이어서 그들의 거친 몸짓에 노약자들이 바람개비처럼 흔들렸다.

"진정하세요! 아직 시간이 있습니다. 질서를 유지해 주세요."

역무원의 외침은 공허한 메아리가 되어 흩어졌다. 거대한 터널을 울리며 퍼져 나갔으나 사람들의 귀에 전혀 들리지 않는 듯했다.

"엄마!"

그 속에 엄마의 손을 놓친 아이도 있었다.

"재영아!"

엄마도 마주 소리쳤다. 그러나 아비규환 속에서 엄마와 아이가 만나기란 결코 쉬운 일이 아니었다.

현재 속도 7km/h

지하철의 속도계가 다시금 움직였다.

"비, 비상 제동이 안 돼. 도망쳐야 돼."

기관사도 더 이상 가망이 없다고 여겼는지 움직이고 있는 지하철에서 뛰어내리려 했다.

용호는 그런 기관사의 행동은 신경 쓰지 않았다. 오히려 옆에 있던 서보미가 기관사를 말렸다.

"기관사분이 가시면 어떻게 해요!"

서보미의 뾰족한 음성이 귀를 때렸지만 기관사는 개의치 않았다.

"지, 지금이라도 나가야 합니다. 수동 제어가 안 되면 가망이 없어요."

"기관사님!"

서보미도 답답했다. 지금 당장 자신이 할 수 있는 일이라고는 소리치는 일밖에 없었다.

그 순간에도 지하철은 조금씩 움직였다. 전면 유리창을 통해 사람들의 그림자가 보였다.

조금만 더 가면 '끝'이다.

용호가 돌아가지 않는 머리를 최대한 굴렸다.

"제동 장치, 제동 장치."

아마 자동차가 멈추는 방법과 비슷할 것이라 생각했다. 멈추라는 신호가 내려갈 것이고, 신호를 받은 제동 장치가 어떤 모션을 취할 것이다.

"가장 먼저 신호가 가야 돼."

미친 사람처럼 중얼거리던 용호가 전면에 있던 버튼을 하나씩 눌러보았다.

램프 밝기 조절이나 디스플레이 점등 버튼 등 두서없이 버튼을 눌러댔다.

"신호, 신호. 신호는 가고 있다는 건가."

"사장님, 지, 지금 앞에."

서보미가 앞쪽을 가리키며 중얼거렸다. 이제 사람들의 그림자가 아닌 실체가 눈에 들어왔다.

그리고 용호의 눈에도 버그가 들어왔다.

지하철이 제동을 하는 데는 몇 가지 방식이 존재한다. 그중한 가지가 신호기에 의한 제동이다.

각 선로에 위치한 신호기의 신호를 확인한 지하철이 그에 알

맞은 속도로 운행하는 것이다.

총 네 개의 헤드라이트를 가진 신호기는 6가지의 속도를 알려준다.

세 번째 초록색은 80㎞/h, 첫 번째 헤드라이트가 노란색이고 세 번째 헤드라이트가 초록색이면 60㎞/h, 현재 용호의 눈에 보이는 신호기가 가리키고 있는 속도는 45㎞/h였다.

"저거다!"

첫 번째 헤드라이트만이 노란불을 보이고 있었다. 저 불을 끄고 두 번째 헤드라이트를 빨간불로 바꿔야 했다.

＊　　　　＊　　　　＊

청와대.

아래에서 시작된 보고가 대한민국 최상층까지 올라갔다.

"…죄송합니다."

"최소 수십 명의 사상자가 예상되고 많게는 수백까지 될 수 있다는 겁니까?"

"네……."

"그런데 할 수 있는 일이 없다고 말씀하신 거죠?"

"……."

대통령의 말에 비서관은 아무 말도 하지 못했다. 묵묵부답으로 일관했다.

"현재 열차 속도는요?"

"막 두 자릿수에 진입했다고 합니다. 아직까지 사상자는 파악되지 않고 있습니다."

비서의 말에 대통령도 눈을 감았다.

사람들이 비명을 지르며 승강장으로 뛰어들었다. 부리나케 뛰어들어온 사람들이 너 나 할 거 없이 승강장 위로 올라가기 위해 안간힘을 썼다.

성인 남성도 올라가기 쉽지 않은 높이, 어린아이나 노약자는 올라갈 엄두도 내지 못했다.

"아이 좀 받아주세요!"

아이를 들어 올리며 어머니로 보이는 여자가 애절하게 소리쳤다. 지하철이 엄청난 속도로 달려오고 있는 상황은 아니었다.

하지만 분명한 것은 조금씩이지만 빠르게 다가온다는 것이다. 속도는 느려질 기미는 보이지 않은 채 빨라지기만 했다.

"제발요!"

순간 승강장 위에 있던 거구의 남자가 손을 내밀었다. 마침 출근하던 나대방이었다.

"여기 잡았습니다! 어머님도 올라오세요."

나대방이 동분서주하며 사람들을 승강장 위로 끌어 올렸다. 그 모습에 승강장 위에 있던 다른 승객들도 동참했다.

철로에 있던 사람들이 하나둘씩 승강장으로 끌어 올려졌다. 일대 장관이 펼쳐졌다.

양복을 입은 회사원에서부터, 캐주얼 차림의 청년들까지 한 마음 한뜻으로 사람들을 구해 나갔다.

딸깍.

신호기가 소리를 내며 변경되었다. 기관사를 닦달하여 첫 번째 헤드라이트를 끄고 두 번째 헤드라이트를 켰다.

어둠 속을 밝히는 불이 새빨간 색으로 바뀌었다. 지하철은 점점 더 속도를 내고 있는 중이었다.

"⋯⋯."

용호의 얼굴도 기관사의 얼굴도 검은색 먼지로 뒤덮여 시커 멓게 변해 있었다.

"머, 멈출까요?"

"안 멈추면 기관사 양반이 몸을 던져서라도 막아야 하는 거 아닙니까?"

"⋯⋯."

용호의 말에 기관사는 아무 말도 하지 못했다. 그저 조마조 마한 심정으로 지하철을 바라볼 뿐이었다.

'제발⋯⋯.'

이게 마지막 방법이다. 용호도 ATO 시스템이 신호기가 보내 는 신호를 알아차리기만을 간절히 바랄 뿐이었다.

*　　　　*　　　　*

나대방이 용호의 옆을 따라다니며 쫑알거렸다.

"신이 도왔습니다, 캬아!"

"그만하고 저리 가라."

"알겠습니다, 신이 선택한 인간이시여."

"저, 저걸 그냥."

나대방은 용호를 놀리며 웃음을 멈추지 않았다. 뭐가 그리 즐거운지 하루 종일 용호의 옆에서 떠나지 않았다.

'신이 도왔습니다'. 용호가 언론사 인터뷰에서 한 말이었다.

그 말이 화제가 되어 인터넷에 떠돌아다니고 있었다.

신의 능력을 가진 인간이다.

신이 선택한 인간이다.

신의 남자다.

나대방이 이번에는 멀찍이 떨어져 과장되게 고개를 숙이며 말했다.

"신남 이용호 선생님, 오늘은 신께서 뭐라 말씀하십니까?"

용호가 그런 나대방을 잡기 위해 자리에서 일어났다.

"야! 너 이리 와봐, 내가 오늘 신의 분노를 맛보게 해줄 테니까."

한바탕 사무실이 시끌벅적해졌다. 그 둘을 서보미가 가만히 지켜보았다. 아직도 머릿속에서는 며칠 전 아찔했던 그 순간이 떠나가질 않았다.

아직 승강장 위로 모든 승객들이 올라간 상태가 아니었다.

끌어 올리지 못한 몇몇 인원들이 남았다.

반대편으로 이동시키고 싶었지만 여의치 않았다. 혹시나 움직이고 있는 승객들에게 피해가 갈까 반대편 전동 차량도 정지한 상태였다.

최후까지 철로에 남아 사람들을 대피시키던 역무원이 남은 사람들을 철로 안쪽 안전 공간으로 대피시켰다.

그사이에도 지하철은 멈출 생각을 하지 않은 채 전진했다. 속도는 그새 더 올라가 있었다.

멈출 생각은 하지 않은 채 빨라지기만 하는 속도. 이대로라면 비록 사람을 바로 치지는 않겠지만 앞 열차와의 충돌은 기정사실이었다.

끼긱.

끼이이익.

사방이 막혀 있어서인지 제동 장치가 내는 소음이 온몸을 찢어발길 듯 덮쳐왔다.

소음은 강했지만 오히려 안도감이 밀려왔다. 지하철이 멈췄다. 해낸 것이다.

"하아……."

용호도, 기관사도, 서보미도 긴 한숨을 토해냈다.

"다, 다행입니다."

"다친 사람은 없겠죠?"

"아마 그럴 겁니다. 이제 막 진입하는 상태였으니……."

기관사의 말에는 확신이 없었다. 분명 다친 사람은 없을 것으로 생각되었다. 하지만 혹시 또 모를 일이었다.

다행히 지하철에 부딪쳐 다친 사상자는 나오지 않았다. 앞 열차와의 충돌도 없었다. 아비규환 속에서 서로를 밀치며 도망치다 다친 사람이 몇 있었을 뿐이다. 사고 소식은 이미 언론사 및 각종 SNS와 포털 사이트를 점령했다.

용호가 기관사와 함께 승강장으로 들어서자 역무원들과 경찰, 그리고 소방관들이 대기하고 있었다.

"이분입니다."

이미 기관사가 외부에 알린 듯 사람들이 용호에게 몰려들었다.

"감사합니다, 그리고 수고하셨습니다."

"아, 아 네."

역무원들이 감사의 눈빛으로 용호를 바라보고 있었다. 언론에서도 냄새를 맡았는지 용호를 취재하려 안간힘을 썼다.

"어떻게 문제를 발견하신 겁니까?"

한 기자의 질문이 채 끝나기도 전에 다른 기자가 질문을 던졌다.

"신호기에 이상이 있다는 건 어떻게 발견하신 겁니까?"

셀 수 없이 플래시가 터졌다. 비디오카메라를 어깨에 짊어진 사람들이 까치발을 들고 서서 용호를 촬영하기 위해 안간힘을 썼다.

"현재 심경은 어떠십니까?"

계속되는 질문에 용호도 지치는 듯했다. 그렇지 않아도 긴장감이 풀리며 몸이 신호를 보내고 있었다.

평소에 운동 좀 해!

거의 하루 종일 컴퓨터 앞에 앉아 있다시피 했던 생활 습관이 몸에 이상 신호를 보내는 것이다.

"도와야겠다고 생각했습니다. 평소 지하철 시스템에 관심이 많아 문제를 빨리 파악할 수 있었습니다. 어떻게 문제를 찾았는지, 그리고 어떻게 해결했는지 궁금하신 분들이 많은 걸로 알고 있습니다. 그건⋯⋯."

용호가 잠시 뜸을 들였다. 그러고는 잠시 생각하는 척을 한 후 답했다.

"신이 도왔다고밖에 말씀드릴 수가 없습니다."

나대방이 옆에서 쫑알거리게 된 발단이 된 인터뷰였다.

생각에 잠긴 서보미의 어깨를 용호가 툭툭 쳤다.

"식사하러 가야죠?"

"아, 네."

점심 식사를 하러 가서도 단연 화제는 용호였다. 너도나도 용호의 이야기 삼매경에 빠져 있었다.

그러던 중 용호가 생각난 듯 물었다.

"아, 그런데 집이 반대 방향 아닌가요?"

"⋯그, 그게."

서보미가 난처한 듯 답을 하지 못했다.

"과, 과음을 해서……."

용호도 더 이상 물어보지 않았다. 식당 주변 곳곳에서 용호의 인터뷰를 봤는지 사람들이 힐끔거렸다.

시간이 지나면 잊힐 테지만 지금 이 순간만은 용호가 인기 스타였다.

인터넷 뉴스를 확인하던 지수민이 손톱을 잘근잘근 씹었다. 포털 실시간 검색어 1위가 Fixbugs, 2위가 Fixbugs의 사장인 용호였다.

함께 나온 관련 검색어가 전 세계 최고의 프로그래머를 가렸던 대회. 그리고 그때 당시의 동영상이 함께 올라와 있었다.

─헐 이 사람이 그 사람임?

─대박, 버그 전문 해결 회사면 그럴 수도 있겠다 싶네.

─동영상 봤음? 사람들이 뭐 사는지 계속 맞추더라, 오졌다. 진짜 지린다.

─ㅇㅈ? 어 ㅇㅈ.

한창 인터넷 뉴스 검색을 하고 있는 지수민의 등 뒤로 같은 회사 선배가 다가왔다.

"수민 씨 같은 학교 선배라고 하지 않았어?"

"네, 맞아요."

"와, 좋겠네. 보니까 학교 다닐 때도 인기 많았겠더라. 누군지 몰라도 저런 사람 만나면 땡잡은 거지. 돈 많지, 성격 좋지, 훈

남이지."

농을 던지던 회사 선배가 일을 하기 위해 자리로 돌아가고 나서 지수민은 바로 핸드폰을 꺼내 들었다. 수신자는 최혜진이었다.

"너 혹시 용호 선배 회사 갈 일 없어?"

—기지배, 갑자기 또 왜?

"이유는 묻지 말고. 있어, 없어."

—알았다, 알았어.

최혜진의 알았다는 답장을 받고 나서야 지수민이 핸드폰을 손에서 내려놓았다. 여전히 포털 사이트 검색어 1위는 이용호였다.

함께 클럽에서 춤을 췄던 게 며칠 전이다. 불가능을 가능케 했던 놀라움에 자신도 모르게 흥분했다.

하지만 즐거웠다. 그 즐거웠던 시간이 채 잊히기도 전에 방송 화면 및 인터넷 세상을 용호가 점령했다.

"…도대체 이 사람은 무슨 짓을 하고 다니는 거야."

정단비는 마우스를 움직여 기사 하나하나를 꼼꼼히 읽어보았다. 기사 제일 아랫부분에 있는 댓글도 놓치지 않았다. 지하철 참사를 막은 덕분인지 대중들의 반응은 호평 일색이었다.

"인기가 엄청나잖아."

정단비가 아무리 마우스 스크롤을 밑으로 내려도 기사에 달린 댓글은 끝이 없었다. 대부분의 댓글은 칭찬 일색, 정단비는 자신도 모르게 질투가 일어남을 느껴야 했다.

　회사 밖에 기자들이 진을 치고 있었다. 용호의 이름이 대중의 입에 오르락내리락하면서 덩달아 회사도 유명세를 치렀다.
　나대방이 사무실 밖을 힐끗거리며 말했다.
　"형님, 바깥에 또 기자진이 와 있는데요?"
　벌써 며칠째인지 몰랐다. 개중에는 방송 출연을 부탁하는 작가나 PD도 있었다.
　"…도대체 언제쯤 끝이 날는지."
　얼마의 시간이 더 흘러야 지금의 논란이 사그라지고 조용해질지 용호도 걱정이었다.
　직원들은 은근히 즐기고 있는 분위기였지만, 일을 해야 하는 입장에선 마냥 반기고 있을 수만도 없다.
　"차라리 정면 대응하세요. 인터뷰 해달라는 거 다 해주고, 촬영하고 싶다는 거 다 해주면 되잖아요."
　"…나보고 얼굴 팔라는 소리냐?"
　"형님 얼굴이 얼마나 한다고… 그렇게 하고 빨리 끝내는 게 낫죠. 저쪽 보세요."
　카메라맨과 작가로 보이는 여자들이 사무실 밖에 장사진을 치고 있었다.
　그런데 신기한 광경이 하나 있었다. 분명 자신을 촬영하러 온 것이건만 여자들의 시선은 다른 쪽을 보고 있었다.
　카스퍼키.

여자들은 카스퍼스키만을 오매불망 보고 있었고, 카메라맨들도 간간이 그를 찍고 있었다.

분명 용호를 촬영하러 온 것임에도 불구하고.

"그래, 네 말대로 하자, 해."

용호도 결국 정면 돌파를 택했다. 이내 사무실 문이 열리고 용호가 밖으로 걸어 나왔다.

*　　　　　*　　　　　*

―어려웠던 청년 시절에서 Fixbugs의 CEO가 되기까지

―끝을 모르는 그의 능력, 버그 해결 전문 회사를 설립하기까지

―차기 목표 공공 부문에 소프트웨어 납품

―'대한민국을 대표하는 소프트웨어 업체가 되고 싶다' 포부 밝혀

궁금증을 해소해 주어서인지 회사로 찾아오는 기자들이 눈에 띄게 줄었다.

"제가 뭐라 했습니까?"

그래서인지 나대방이 한층 기세등등해졌다.

"그나저나 오늘 또 온다고?"

"네, 혜진이가 그러는데 수민 씨가 형님한테 관심이 있는 것 같다고 하던데."

"…확실히 해둬야겠네."

"그렇게 하세요. 뭐든 찝찝하게 남겨두지 말자고요."

최혜진이야 나대방의 부인이었다. 충분히 회사에 올 법하다. 그러나 지수민은 아니다. 과거 그리 좋은 추억을 가지고 있지 않은 선후배 관계 그 이상도 이하도 아니었다.

사전에 연락했던 대로 최혜진이 회사에 도착했다. 양손 가득 집 밥을 바리바리 싸 들고 온 모습이 이제는 영락없이 우리네 어머니의 모습을 연상케 했다.

"다들 식사하고 일하세요."

용호가 그런 최혜진을 보며 은근슬쩍 농담을 던졌다.

"혜진이 너는 이제… 돌아갈 수 없는 강을 건넌 것 같다?"

아이를 낳고, 한두 살 나이를 먹으며 대학 시절의 풋풋함은 사라져 있었다.

최혜진이 살짝 주먹을 말아 쥐며 말했다.

"헐, 선배야말로 그 강 한번 건너보실 생각이세요?"

왜 나대방이 잡혀 살고 있는지 알고 있는 듯한 모습이었다. 그 사이에 어색한 그림 하나가 잡혔다.

지수민이 서 있었다. 용호가 이내 결심한 듯 자리에서 일어났다.

"수민아, 잠깐 나 좀 보자."

용호가 지수민을 데리고 바깥으로 나갔다.

지수민을 데리고 나온 용호가 커피숍에 자리를 잡고 앉았다. 차가운 아메리카노 두 잔을 시켜놓고 둘은 탁자를 사이에 두고 서로를 마주 보며 앉아 있었다.

"…흠, 수민이 네가 어떻게 생각할지 모르겠는데. 나는 좀 불편해."

"……."

"앞으로 우리 회사에 이렇게 방문하는 일이 없었으면 하는데… 무슨 말인지 알지?"

단도직입적으로 말했다. 용호의 말에 지수민의 표정이 썩어들어갔다. 지수민은 자신이 방문해 줬으면 오히려 좋아해야 할 일이라 생각했다.

남자는 능력, 여자는 외모다.

어디 가서도 꿀리지 않는 외모였다. 이건 상상도 해본 적이 없다. 그저 부끄러워 그런 것이라 여겼다.

"선배, 부끄러워할 거 없어요. 저도 예전처럼 선배를 생각하고 있지 않아요."

지수민의 목소리가 떨려왔다. 만에 하나라는 가능성이 있다. 등 뒤로 식은땀이 흐르는 것 같았다. 얼떨결에 잡은 일회용 잔에도 물방울이 새어 나와 두 손을 축축하게 적셨다.

"나도 너를 예전처럼 생각하고 있지 않아."

용호의 말에 담긴 뜻을 읽었을까. 지수민이 조용히 앉아 있었다.

"선후배 사이라도 유지하려면… 회사는 찾아오지 않았으면 한다. 어차피 너희 회사와 경쟁 관계잖아. 남들 보기에도 좋지 않을 거 같아. 그럼 먼저 일어나 볼게."

할 말을 마친 용호가 먼저 자리에서 일어났다. 화가 난 지수민이 자신도 모르게 일회용 잔을 움켜쥐었다. 빨대로 커피가 조금씩 흘러나와 지수민의 손 위로 흘러내렸다.

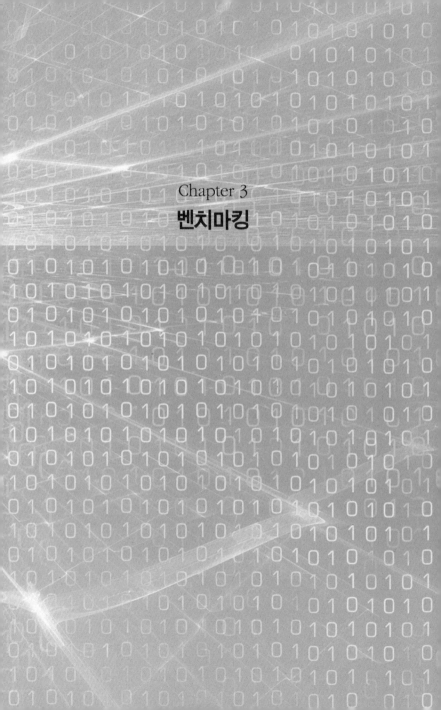

Chapter 3
벤치마킹

기자들은 이제 눈에 잘 띄지 않았다. 집으로 돌아가는 길 역시 마찬가지였다.

고난을 가진, 잘나가는 CEO.

이슈를 물어야 하는 언론으로서는 최고의 재료였다. 아무리 최고의 재료를 썼다고 해도 같은 요리를 계속 먹으면 식상한 법이다.

용호는 방송사의 요청을 거부하지 않고 하나하나 응했고, 얼마 지나지 않아 식상한 재료가 되었다.

문제는 그다음이었다.

출근하기 위해 지하철을 탄 용호가 자신도 모르게 꾸벅 고개를 숙였다.

"아, 안녕하세요."

용호가 고개를 숙이자 옆에 있던 여자들도 고개를 숙였다. 계속해서 힐끔거리며 둘이서 쑥덕거리는 것을 보다 못한 용호가 먼저 인사한 것이다.

이제는 일상이 되어 버렸다.

어디를 가기만 하면 사람들이 쑥덕거리며 용호를 쳐다보았다. 언론에 노출된 부작용이었다.

사람들이 용호를 알아보기 시작한 것이다. 말을 걸기에는 민망한지 아니면 맞다고 확신하지 못하는지 용호를 보며 수군거렸다. 그 후에 보이는 반응은 비슷했다.

"아, 악수 한번 할 수 있을까요?"

상대방이 손을 내밀며 악수를 청했다. 신이 도왔다는 말 덕분인지 용호에게 운이 있다고 생각하는 듯했다.

악수는 그 운을 전해 받기 위한 행동의 하나였다. 일종의 유명세였다.

유명세 덕분일까.

회사의 서비스를 이용하는 사람들도 늘어갔다. 비록 개발자들에게만 제공하는 서비스였지만 시기가 좋았다.

제2의 벤처 열풍이라 부를 만큼 수많은 스타트업이 태동하는 시기였다.

그들에게 Fixbugs는 개발을 빠르게 진행할 수 있는 일종의 도구였다.

유료 서비스를 이용하면 버그를 확실하게 잡아준다. 이미 한국에 들어와 있던 버그 분석 솔루션과는 성능에서부터 차원이 달랐다.

미국 실리콘밸리에서도 인정한 솔루션이었다.

하지만 정진용이 미국에 세운 회사 Find bugs tool, 그 회사가 한국 시장의 공공 부문 대부분을 잠식하고 있었다.

용호가 사람들을 모아놓고 의견을 구했다.

"…이제 공공 기관에도 진출해야 하는데, 무슨 좋은 방법 없을까?"

"형님, 굳이 공공 분야에 진출할 필요 있습니까? 그냥 민간 사업에만 집중해도 되잖아요."

"거기에 악성 벌레가 한 마리 있잖아. 그래서 그냥 두고 볼 수가 없어."

"네?"

"Find bugs tool. 민간 분야에서도 사용 안 하는 걸 공공 기관에서만 사용하고 있다며."

그제야 나대방도 알았다는 듯 고개를 끄덕였다. 실리콘밸리에서부터 악연을 맺었던 회사다.

용호는 그 악연에 종지부를 찍고 싶었다.

"형님 정도 유명세면 그냥 해달라고 하면 안 됩니까."

나대방의 농담에도 용호는 웃지 않았다.

"일단 나라장터 쪽 한번 살펴봐, 용역 발주된 거 있나."

나라장터.

조달청에서 운영하는 용역 발주 사이트였다. 이 사이트에서 나라에서 발주하는 대부분의 용역들이 공지된다.

SW 계약이라고 해서 크게 다르지 않았다.

전무.

아무리 찾아봐도 버그 분석 SW에 대한 수요는 없었다. 그럼에도 Find bugs tool은 공공 분야에 진출했다.

누구나 이상함을 느낄 만한 그림이다. 그러나 이의를 제기하는 사람이 없다.

"이상하지?"

"그렇긴 하네요. 발주된 건 없는데… 신기하네……."

나대방도 고개를 갸웃거렸다. 몇 번이고 사이트를 훑어보았지만 버그 분석 솔루션에 대한 용역 발주가 없었다.

"그렇다는 말은 시스템 구축할 때 같이 들어갔다는 말인데……."

용호는 대충 짐작 가는 구석이 있었다. 정부에서 50억 규모의 사업을 발주하여 일차 사업자를 선정한다.

그러면 그 일차 사업자가 이차 사업자를 데리고 사업에 참가하는 형태였다.

이른바 갑을병정 구조다. 정진용의 Find bugs tool도 그런 식으로 공공 분야에 진출한 것으로 보였다. 일차 사업자가 Find bugs tool을 사용하기로 하고 사업에 참여한 것이다.

하지만 자세한 속사정까지는 알 수 없는 일, 용호는 정보가 너무 부족함을 느꼈다.

"내가 들어가지 못하면, 그들이 나오게 만들어야지."

자신이 잘 모르는 그들만의 리그에 들어갈 생각은 없다. 그들은 모르지만 자신은 잘 알고 있는 곳으로 상대방을 끌어들여야 한다.

용호의 유명세 덕분에 수천의 팔로워가 생긴 회사 계정으로 한 줄의 글이 올라왔다. 해외 사이트에서 벤치마킹한 두 솔루션의 비교 내용이 게시된 링크였다.

Fixbugs와 Find bugs tool의 비교 내용.

내용은 명확했다. Fixbugs가 절대적 우위에 있다. 하지만 대중의 관심을 끌기에는 역부족이었다.

큰 반향은 없었다. 나대방이 그럴 줄 알았다는 듯 말했다.

"역시 제가 말했잖아요. 개발자들이 쓰는 도구에 일반 사람들까지 관심을 가지는 건 무리라니까요."

"……."

"더구나 버그 분석 솔루션에 누가 관심을 가지겠습니까. 개발자가 아닌 사람들이 관심을 가지는 건 눈에 보이는 구체적인 실물이라는 거, 형님도 잘 아시잖아요."

"이제 나도 꽤 유명 인사인데……."

용호가 아쉬움에 중얼거렸다. 큰 반향이 있을 것으로 기대했으나 생각보다 저조했다.

해당 게시물의 '좋아요'나 댓글은 미약한 수준이었다. 몇몇 관심 있는 개발자들이 링크를 공유했을 뿐이었다.

"혹시 연예인 병 걸리신 건 아니죠? 걸리셨으면 빨리 말해주세요. 조기 치료 안 하면 답 없으니까."

"네가 또 매를 버는구나."

두 사람의 투닥거림을 보고 있던 서보미가 슬그머니 옆으로 다가왔다.

"제가 한 말씀 드려도 될까요?"

서보미의 조심스러운 말에 둘은 실랑이를 멈추고 자리에 앉았다. 서보미를 대할 때면 항상 조심스러웠다. 상대가 약자였기에 더했다.

"관심을 끌고자 하면 제가 생각할 때 이것보다 좋은 방법이 없는 것 같은데… k-coder 라고 들어보셨어요? 인터넷에서 한창 이슈가 되었던 사건인데."

용호가 굳어진 표정을 감추려 손으로 입을 가렸다. 그러고는 재빨리 손을 내렸다. 서보미가 자신의 입을 보고 대화를 한다는 사실을 기억해 낸 것이다.

"그 사람이 했던 방식인데, 버그들을 해당 회사나 공공 기관에 알려주는 겁니다. 개인적인 메일이 아니라 공식적인 계정을 통해서요. 비록 k-coder라는 사람이 누군지 밝혀지지는 않았지만……."

서보미의 말에 아쉬움이 묻어났다. 그 모습에도 용호는 모르쇠로 일관했다.

그게 나요.

라고 말할 수 있는 분위기도, 말해서도 안 되는 사실이었다.

"괜찮지 않을까요?"

용호가 재빨리 고개를 위아래로 끄덕이며 수긍했다. 옆에 앉아 있던 나대방도 마찬가지였다.

어차피 둘도 같은 생각을 하고 있었다. 단지 시기가 문제일 뿐이다.

다음 날.

Fixbugs의 공식 계정에 다시금 하나의 링크가 올라왔다.

Fixbugs 사례 분석 1.

제목 : 홈택스 사이트 인터넷 뷰어 설치 시 발생하는 문제.

내용 : 홈택스 사이트에 접속하시면 자신의 소득을 확인하는 공간이 있습니다.

작년 소득도 확인할 수가 있는데, 아마 쉽게 보실 수가 없을 겁니다.

보안 문제로 인해 설치해야 하는 프로그램만 다섯 개가 넘고, 그런 고비를 넘겨 설치를 했다 해도 전용 뷰어가 말썽을 일으킬 테니까요.

오늘 그 문제를 한번 짚어보겠습니다.

ㅡ오오, 나도 저 문제 때문에 빡쳐서 항의했었는데.

—그런데? 진짜 저대로 하면 해결되나? 뷰어 회사 직원 소환.

글을 올리자마자 반향이 나타났다. 단순 벤치마킹 링크를 올렸을 때와는 또 달랐다. Fixbugs 사례 분석이라는 제목으로 매일 하나씩 분석 글이 올라갔고, 대중들의 관심도 차츰 쏠리기 시작했다.

용호가 자리에 앉아 일을 하고 있는 서보미의 어깨를 툭툭 쳤다.
"어때요? 일하는 데 힘들지는 않아요?"
"괜찮습니다, 재미있어요."
거짓말이 아닌 듯 서보미의 얼굴이 무척 밝아 보였다. 팀 프로젝트 외적으로 서보미가 맡은 일이 하나 있었다.
바로 공식 계정에 버그 내용과 해결책을 올리는 일이었다. 자신이 낸 아이디어를 직접 할 수 있게 하는 것도 용호의 경영 방침 중 하나였다.
"오늘 또 어떤 버그를 올릴 건가요?"
"아, 오늘 올릴 버그는 내일 배움 카드제 신청하는 사이트의 스크립트 오류인데 한번 보시겠어요?"
서보미가 다시 모니터에 집중하며 창 하나를 띄웠다. 용호가 서보미의 어깨너머로 모니터를 바라보았다.

Fixbugs가 발표하는 버그는 사이트를 가리지 않았다. 홈택스 사이트에서 노동부 사이트까지, 정부에서 제공하는 웹이나 소프트웨어를 가리지 않고 의견을 개진했다.

sns에 올라간 버그 내용들은 몇몇 사람들이 '사실'이라는 댓글을 달기 시작하면서 더욱 이슈화가 되었다.

그렇게 발생한 이슈는 결국 정부 인사가 Fixbugs를 찾게 만들었다.

"반갑습니다, 미래창조과학부 주무관 김영걸이라고 합니다."

회사로 찾아온 남자가 명함을 내밀었다. 미래창조과학부 주무관이 직접 방문한 것이다.

용호도 CEO라 적힌 명함을 내밀었다.

명함을 주고받고 간단한 인사를 나눈 후 남자가 먼저 이야기를 시작했다.

"요즘 Fixbugs 때문에 저희 쪽에도 상당한 논란이 일고 있습니다. 결과적으로야 도움이 되고 있지만… 이게 또 그렇지만은 않은 게 마치 저희가 무능한 것처럼 비치고 있는 게 사실이고요."

"저희야 저희 일을 할 뿐입니다. 버그를 보고도 그냥 지나치는 성격이 못 돼서요."

"아, 물론 그러실 겁니다. 저도 지하철 참사를 막은 일에 대해서는 잘 알고 있습니다."

"그런데요?"

"그게 아무래도… 현재 저희가 사용하는 솔루션이 있어, Fixbugs 쪽 솔루션을 당장 사용하기도 힘들고 해서… 당분간

Fixbugs 사례 분석은 업로드를 안 해주시는 게 어떨까 해서요."

"네?"

용호는 자신이 잘못 들었다 생각했다. 지금 공짜로 버그를 찾아내 알려주고 있는 중이다.

더 찾아달라고 부탁하지는 못할망정 하지 말라니?

용호는 어이가 없어 다시 물었다.

"지금 게시물을 내려달라고 하시는 겁니까?"

"뭐, 꼭 그렇다기보다는… 확인되지 않은 정보를 함부로 올리는 건 서로에게 부담이 될 수 있다는 말입니다."

"확인되지 않은 정보라니요. 버그는 100% 확실합니다. 저희는 절대 문제가 없는 건 올리지 않습니다."

이번에는 용호도 강하게 나갔다. 솔루션에 대한 성능은 누구보다 자신이 잘 알고 있다.

Fixbugs의 성능은 더욱 고도화되어 가고 있었다. 더군다나 서보미가 올린 버그 리포트는 자신이 직접 확인한다.

틀릴 수가 없는 것이다.

"물론 그러시겠지만… 혹시나 틀릴 수도 있지 않겠습니까? 세상에 완벽이라는 건 존재하기 힘들기도 하고."

자신을 미래창조과학부 주무관이라 소개한 사람이 천천히 말을 이어갔다.

자신이 이곳을 찾아온 사실이 언론에 나가지 않게 이미 신신당부를 한 상태였다.

그랬음에도 혹시나 몇몇 단어들이 외부로 유출될까, 단어 하나하나를 신경 써서 말했다.

나중에 내용이 유출돼도 발뺌할 수 있는 여지를 만드는 것이다. 그러나 용호는 스스로에게 여지를 두지 않았다.

"저희 프로그램은 완벽합니다. 그럴 일은 없으니 '만에 하나'라는 걱정은 하지 않으셔도 됩니다."

용호의 말에 주무관의 표정이 썩어 들어갔다. 뭔가 마음에 들지 않는 눈치였다. 주무관의 얼굴을 보며 용호가 떠올린 건 지수민이었다.

'하나같이 마음에 안 들면 얼굴이 썩는구나, 썩어.'

주무관을 마주 보고 앉은 용호가 하고 있는 생각이었다.

$$* \qquad * \qquad *$$

이런 말이 있다.

'갑 중의 갑은 공무원이다'.

대한민국에서 최고의 갑은 공무원이라는 사실을 누구나 인정한다. 수십만의 청춘들이 매달리는 이유 중 하나였다.

안정된 생활, 보장된 노후, 그리고 '갑'이라는 위치.

주무관이 떠나가며 한 마지막 말이 아직도 용호의 귓가에 맴돌았다.

"갑자기 회사가 성장하면 이곳저곳에서 문제가 터져 나오게 마련입니다. 이를테면 세금 문제라든가……."

썩은 표정으로 내뱉던 그 말이 아직도 용호의 귓가에 맴돌았다. 도와주지는 못할망정 방해는 하지 말아야 하는 것 아닌가?

상식은 모두의 것이 아니라 각자의 입장에 따라 달라진다는 것을 용호는 여실히 느껴야 했다.

"뭐라합디까?"

용호와 단둘이 나눈 대화였기에 나대방은 듣지 못했다. 둘이 나눈 대화를 전해 들은 나대방도 처음에는 잠잠히 듣고 있다 시간이 지날수록 감정이 격해지는 것 같았다.

"허 참, 어이가 없네요. 이거 아버지한테 전화할까요?"

용호가 고개를 저었다.

"그렇게 하면 우리도 저놈이랑 똑같아진다. 우린 우리의 방식으로 갑질을 해줘야지."

"어떻게요?"

나대방이 궁금한 듯 물었다. 그러나 용호는 대답하지 않았다.

아직 심중의 생각을 정리하는 중이었다.

수많은 사람들이 바보라서 눈을 감고 모른 척 넘어가는 것이 아니다. 하고 싶지만 할 수 없다. 그것이 곧 현실이다.

귀찮고, 어렵고, 힘든 가시밭길이기에 그저 인내하고 오늘 하루는 잘 넘기는 것에 급급한 것이다.

그런 길을 용호가 가려는 것이다. 옆에 있던 서보미가 걱정스럽게 물었다.

"오, 오늘도 올릴까요?"

아직 오늘자 버그 사례 분석 글이 올라가지 않은 상황이었다.

"네, 당연합니다. 이 정도에 멈추면 되겠습니까. 국민 권익을 위한 일인데, 대의명분은 저희에게 있습니다."

그리고 또 하나의 글이 올라갔다.

이번에는 청와대 홈페이지에 존재하는 비그였다.

이미 사무실 밖은 어둠이 내린 지 오래였다. 용호는 그때까지 퇴근하지 않고 사무실에 남아 있었다. 용호 말고도 남아 있는 직원이 한 명 더 있었다.

'뭘 저렇게 열심히 하지……'

사무실 한편에 앉아 열심히 무언가를 하고 있었다. 빛을 받지 않았는지 원래 타고났는지 하얀색 피부에 빨간 입술을 앙 다문 채 일에 열중하고 있었다.

'보자, 지금 시간이.'

용호가 시간을 확인하려 고개를 돌릴 때 서보미가 자리에서 일어났다. 그러고는 복사기에 뽑혀 나온 A4를 가지고 용호에게 다가왔다.

"저기, 사장님."

"네, 네?"

용호는 혹시나 서보미를 물끄러미 바라본 것이 들켰을까 놀란 눈치였다.

"도움이 될까 하고 준비해 봤습니다."

서보미가 내민 건 두 솔루션의 벤치마킹 자료였다. 해외 사이트에서 벤치마킹한 자료는 이미 몇 달 전 자료였다. 하루에도 소프트웨어가 획획 바뀌는 세상이다. 몇 달 전 자료는 큰 가치를 가지지 못했다.

"시키지도 않았는데 이런 걸 다……."

용호는 받아 든 A4 용지를 한 장씩 넘겨보았다. 실질적으로 정진용이 사장으로 있는 Find bugs tool과 Fixbugs의 비교 분석 지표가 일목요연하게 정리되어 있었다.

자바 버그 분석 성능 비교.

파이썬 버그 분석 성능 비교.

HTML 버그 분석 성능 비교.

각 언어별로 두 개 업체의 성능을 실 사례를 중심으로 정리해 놓았다.

내용은 생각보다 만족스러웠다.

서보미가 정리한 보고서를 끝까지 넘겨본 용호가 보고서를 천천히 내려놓았다.

그리고 눈앞에 서 있는 서보미를 정면으로 응시했다.

"보미 씨, 정말 수고 많았어요. 팀 프로젝트 진행하면서 이런 자료 만들기 쉽지 않다는 거 누구보다 제가 잘 알고 있습니다."

용호의 칭찬에 서보미의 얼굴이 화색으로 물들어갔다. 그러나 아직 용호의 말은 끝난 것이 아니었다.

"그런데 보미 씨. 혹시 왜 이 늦은 시간 사무실에 아무도 없는지 들으신 적 있나요?"

서보미가 도리도리 고개를 저으며 말했다.

"아, 아니요."

뭔가 안 좋은 기운이 엄습하는 듯했다. 그 기운을 느낀 듯 서보미가 얕게 몸을 떨었다.

"지금 우리는 문화를 만들어가고 있는 중이에요. 수많은 개발자들이 혹시나 야근하지 않으면 회사에서 찍힐까, 전전긍긍하고 있어요. 우리 회사 사람들 역시 마찬가지고요. 이곳을 그러지 않아도 되는 곳으로, 정시 퇴근이 당연한 곳으로 만들기 위해서요."

용호는 서보미가 따라오지 못할까 천천히 또박또박 끊어 이야기했다.

"열심히 하고자 하는 마음은 충분히 알고 있습니다. 하지만 서보미 씨의 이런 행동이 서서히 만들어지고 있는 사내 문화를 해칠까 염려됩니다. 이 정도면 무슨 말인지 알겠죠?"

"…네."

서보미가 한층 더 기가 죽어 있었다. 혹시나 이곳에서도 잘릴까, 걱정하는 것이다.

한국에서 청각 장애자는 일자리를 얻는다는 상상조차 할 수 없다. 그런 환경에서 겨우 구한 자리였다.

일을 해야 돈을 벌고, 돈을 벌어야 생활을 유지할 수 있다.

생존할 수 있다.

서보미는 또다시 자신의 생존이 위협받을까 걱정되었다.

"지금까지 너무나 잘하고 있어요. 앞으로 이런 행동만 자제해 주면 크게 걱정하지 않아도 될 거예요."

용호가 위로했으나 아직 근심이 다 풀리지 않아 보였다.

"그렇지 않으면 제가 손 부장님께 크게 혼납니다."

피식.

용호의 엄살에 그제야 서보미가 미소를 보였다. 그 모습에 용호도 따라 웃었다.

미래창조과학부의 공무원이 다녀간 뒤에도 용호는 버그 분석 사례 포스팅을 멈추지 않았다.

그사이에 몇몇 업체가 제안을 해온 적은 있었다.

─이번에 들어갈 때 같이 갑시다.

마치 좋게 좋게 넘어가자는 듯한 말투였다. 이미 정해져 있으니 소용없다.

이만하고 계약 몇 개 수주하는 선에서 마무리 짓자는 의미다.

"이만 끊겠습니다."

용호는 더 듣고 있을 가치도 없다고 생각했다. '같이 갑시다' 라는 말이 채 끝나기도 전에 전화를 끊어버렸다.

"어디서 웃기지도 않는 소리를 하고."

용호는 전화를 끊은 채 다시 일에 몰두했다.

0.1%의 성능을 올리고, 다시 0.01%의 성능을 올리며 프로그

램을 최적화시켰다.

최적화의 끝판 왕이라 불리는 나사에서도 이렇게까지는 하지 않을 성싶었다.

"형님, 너무 무리하시는 거 아닙니까?"

"무리는 무슨, 내가 시킨 건 어떻게 됐어."

"…그게 아직."

"하아… 그래 힘들겠지."

용호도 인정한다는 듯 더 이상 채근하지 않았다. KO 통신 수주 건이 마무리되고, 용호는 약속했던 대로 동료들에게 돈을 지급했다.

그러면서 또 한 가지 일을 맡겼다.

성능 고도화.

현재 Fixbugs가 가진 최고 성능인 90%를 100%로 끌어올리는 작업을 맡긴 것이다.

물론 용호도 함께 참여했다.

"더 이상은 무리입니다."

나대방도 지친 기색이 역력했다. 야근을 하지 않는다고 해서 힘이 들지 않는 건 아니다.

업무 시간에 전심전력을 쏟으면 마치 탈진한 것처럼 퇴근하고는 했다. 그렇게 해도 용호가 제시한 기준치에는 미달이었다.

"아니, 무리가 아냐."

일에 관해서만은 강경했다. 정부에서 자신의 솔루션을 쓰지 않는다면, 쓰게 만들면 될 일이다.

쓸 수밖에 없도록 만들어야 했다.

그러기 위해서는 Fast follower가 아닌 First mover가 되어야 했다.

First mover.

그중에서도 최고의 가치를 만들어 내는 '혁신자'가 되고자 했다. 그러기 위해서는 Fixbugs가 단 하나의 버그도 놓치지 않아야 했다.

서보미가 알고 있는 여느 사장들과는 달랐다. 가장 먼저 출근하고 가장 늦게 퇴근했다.

여기까지라면 여느 사장들과 비슷하다고 생각할 수도 있다.

"이제 우리가 제공하는 데이터에 따른 버그를 찾는 게 아니라, 프로그램 스스로가 버그를 찾을 수 있어야 한다니까."

"형님 말씀은 인공지능을 만들자는 말인데, 그건 어렵습니다."

"인공지능이 아니라 데이터를 기반으로 예측 모형 정도는 만들 수 있을 거 아냐."

일을 하던 서보미가 두 사람의 입술을 지그시 바라보았다. 아직 둘이 나누는 이야기를 따라갈 수준은 되지 않았다.

자사 솔루션에 관한 이야기다. 들어두면 모두 살이 되고 피가 되는 이야기였다.

"그게 말이야 쉽지……."

"할 수 있어, 할 수 있다고."

포기할 줄 모르는 강한 의지가 보였다. 지하철 참사를 막았을 때도 그랬다. 포기하지 않았다.

그렇다고 말만 하는 건 아니다.

내뱉은 말을 지키기 위해 야근을 금지했고, 문제를 해결하기 위해 직접 프로그램을 개발했다.

"하아… 참, 형님도 대단하십니다. 알겠습니다, 다시 해보죠."

나대방이 용호를 설득할 수 없음을 깨달았는지 이내 꼬리를 내렸다.

그는 그랬다. 포기를 몰랐고 결국에는 해냈다.

나대방도 이제 그 사실을 누구보다 잘 알고 있다. 옆에서 힐끔거리며 그 둘을 보던 서보미에게까지 용호의 강한 의지가 전달되는 듯 보였다.

용호가 제임스와 카스퍼스키를 찾았다. 물론 나대방도 함께였다. 그들을 같은 방에 모은 후 미국에 있는 데이브와 컨퍼런스콜을 연결했다.

지금까지의 진척 사항을 확인하기 위한 중간 브리핑이다.

"개발 진행 상황은 어때?"

─이제 한 95% 정도 나오는 것 같다, 아직 5% 부족해.

"흠……."

회의실에 내려앉은 무거운 분위기를 깨며 카스퍼스키가 한마디 던졌다.

"더 이상은 불가능해."

세계 최고의 프로그래머라고 불리는 남자였다. 그가 던진 한마디가 일으킨 파장은 컸다. 제임스가 자신도 모르게 고개를 끄덕였다.

그 모습을 용호도 보았지만 못내 모른 척했다.

"막힌 부분이 어딘데?"

—딥 러닝.

카스퍼스키의 말에 그 누구도 입을 떼지 못했다. 용호 역시 마찬가지였다.

딥 러닝.

기계 학습의 한 분야다. 컴퓨터를 학습시켜 판단을 내리게 만드는 기계 학습, 그 안에는 무수한 알고리즘이 존재한다.

그중 인공 신경망 알고리즘의 후손을 딥 러닝이라 칭한다.

기존의 기계 학습은 대부분 지도 학습에 의한 방법을 취했다. 지도 학습이란 고양이를 보여주고 '이건 고양이야'라는 데이터를 컴퓨터에게 주는 것이다.

그러면 그다음부터 컴퓨터는 해당 이미지를 고양이라 판단하게 된다.

여기에는 한계가 있다. 컴퓨터가 학습하지 못한 이미지를 판단하지 못하는 것이다. 만약 개의 이미지를 보여주면 혼란을 일으키는 것이다.

딥 러닝은 이러한 한계를 극복하고자 분류를 통해 예측한다.

용호가 Fixbugs에 적용하고자 하는 것이고, 카스퍼스키가 불가능하다 말하는 것이다.

카스퍼스키는 멈추지 않고 툭툭 몇 마디를 더 내뱉었다.

"지금부터 공부해서 한다고? 계란으로 바위를 깨는 게 쉽겠다."

어렵다. 누구나 어렵다는 사실을 알고 있다. 용호 역시 잘 알고 있다. 전 세계에서 딥 러닝 전문가라 부를 수 있는 사람의 숫자 자체가 두 손에 꼽는다.

"어렵긴 하겠지, 하지만 될 거야. 딥 러닝을 적용하고 나사에 Fixbugs를 납품하게 될 거야."

용호는 카스퍼스키의 말을 받아들이지 않았다. 100% 버그를 발견한다면 나사가 Fixbugs 솔루션을 사용하기로 이미 MOU(양해각서)가 체결되어 있었다.

이내 회의실 문이 열리고 오랜만에 보는 한 사람이 회의실로 들어섰다. 화상 통화로 연결되어 있던 데이브는 이미 알고 있는 눈치였다.

"딥 러닝 속성 과외 선생이 필요하다고 해서 왔는데."

제프 던.

카스퍼스키가 세계 최고의 프로그래머라는 타이틀을 거머쥐기 전부터 정점에 있던 남자였다.

Chapter 4
기술력으로 승부한다

제프가 등장하자 카스퍼스키도 더 이상 반발하지 않았다. 그가 인정하는 몇 안 되는 프로그래머 중 한 명이 제프였다.

"어렵긴 하지만 한번 해보지 뭐. 어차피 쉬운 길이란 없는 거니까."

제프의 말에 일은 바로 진행되었다. 회의실 하나를 통째로 딥 러닝 전용 교육장으로 만들었다. 회의실에 있던 인원들은 그 순간부터 학생으로 변했다.

그들을 앞에 두고 제프가 설명을 시작했다. 마치 학창 시절로 되돌아간 듯했다.

유리문에는 '절대 출입 엄금'이라는 안내가 붙어 있었다. 그리고 그 아래 안내 문구가 하나 더 붙어 있었다.

딥 러닝 교육장.

그 안에 5명의 남자들이 옹기종기 모여 있었다.

장시간 이어진 설명은 딥 러닝의 역사였다. 초창기, 태동기에서부터 현재까지의 변천사를 훑은 것이다.

그 끝에 하나의 결론이 나왔다.

"그러니까 인공 신경망부터 알아야 한다는 말씀이시죠?"

"공부를 하려면 그것부터 시작해야지."

'인공 신경망'은 딥 러닝의 모태가 되는 알고리즘으로, 뉴런들의 작용을 본떠 만든 알고리즘으로 알려져 있다.

이러한 인공 신경망 알고리즘은 각각의 특성과 구현 방법들에 따라 또다시 여러 분류로 나뉜다.

공부해야 할 것이 한두 가지가 아니었다. 자신이 하자고 했지만 덤벼들 엄두가 쉽게 나지 않았다.

설명을 다 듣고 난 용호가 꽉 다문 입을 겨우 열고 몇 마디 내뱉었다.

"…어, 어렵긴 어렵네요."

용호가 탄식하듯 토해냈다. 들어봐도 한두 달 연구, 공부해서 적용할 수 있는 분야가 아니었다.

오랜 시간 동안 천착해도 성과를 이룰 수 있을지 장담할 수 없는 분야였다.

우려 섞인 용호의 모습에 제프가 특유의 차가운 미소를 지어 보였다.

"나도 너희들에게 하나부터 열까지 이론을 이해시키면서 일을 진행할 생각은 없다."

"역시 그렇게 해야겠죠?"

혹시나 설계에서부터 참여할 수 있을 거라는 기대는 몇 번의 설명 끝에 지워 버렸다.

"내가 설계를 맡을 테니까, 따라오기만 해."

설명을 듣고 나니 제대로 따라갈 수 있을지도 걱정이었다. 나대방은 근심이 가득했으나, 제임스나 카스퍼스키는 아니었다.

눈빛이 초롱초롱한 것이 새로운 일을 한다는 것에 대한 기대감으로 가득 찬 모습이었다.

"너는 왜 이렇게 울상이냐?"

"저는 애 아빠라고요. 아이도 봐야 하고, 집안일도 해야 하고 이미 할 일이 산더미입니다."

"집에 혜진이 있잖아."

용호의 말에 나대방이 펄쩍 뛰었다.

"형님은 언제 적 이야기를 하시는 겁니까. 그런 생각이면, 결혼 생각은 접으시는 게 빠를 겁니다."

"……."

"새로운 분야를 공부하고 싶기는 한데, 솔직히 혜진이가 무섭습니다. 야근한다고, 공부한다고 집에 늦게 들어가는 날이면……."

나대방의 말은 회의실 내 누구의 공감도 얻지 못했다. 앉아 있는 사람들 중, 유부남은 나대방뿐이었다.

그저 심심한 위로를 할 뿐이다.

나대방의 엄살 아닌 엄살에 인원을 더 보강해야 할 필요가 있었다. 그래서 투입된 것이 손석호였다.

안병훈이 컨트리뷰터였다면 손석호는 커미터였다. 누구의 실력이 더 뛰어난지는 자명한 사실이다.

안병훈도 그 사실을 인정하는지 약간의 섭섭함을 표하기는 했지만 크게 반발하지는 않았다.

성능 고도화 TF팀에 합류한 손석호가 인원을 한 명 더 추가하자는 의견을 냈다.

"인력 양성 차원에서라도 내 생각에는 한 명 더 추가했으면 하는데."

이름을 말하지 않았음에도 용호는 누군지 알 것 같았다. 손석호가 끼고 도는 여자가 한 명 있었다.

하지만 과연 따라올 수 있을지가 의문이었다.

"따라올 수 있을까요?"

자신도 어렵게 느껴지는 문제들이다. '과연 따라올 수 있을까'라고 물어본다면 부정적이었다.

"그럴 수 있을 거야. 자네처럼 의지가 대단하니까."

하지만 손석호의 판단은 달랐다. 손석호가 그렇다면 가능성은 있다는 이야기다.

"흠……."

따라올 수 있다 해도 아무나 받아들일 수는 없다. Fixbugs 솔루션의 소스는 회사 내에서도 접근할 수 있는 사람이 몇 되지 않는다.

전체 소스 코드를 확인할 수 있는 사람은 회의실에 모인 인원이 전부였다. 받아들이게 되면 소스 코드도 공개를 해야 한다는 말이다.

실력도 실력이지만 믿을 수 있어야 했다.

"걱정하지 마, 결코 뒤통수 칠 사람이 아니니. 서보미라고 자네도 알지?"

용호가 고개를 끄덕였다. 서보미라면 익히 알고 있다. 핸디캡을 안고도 포기하지 않고 남들보다 배로 노력하는 사람이다. 그 노력이 자신보다 더하면 더했지 못하진 않을 것으로 보였다.

"부장님이 그렇게 보셨다면 믿고 함께 가보도록 하죠."

그날부로 남자만 득실득실한 곳에 서보미도 합류했다. 합류한 서보미는 무척 즐거워 보였다. 어쩔 수 없이 풍기는 총각 냄새를 맡으면서도 눈살 한번 찌푸리지 않았다.

또다시 둘만 남았다.

벌써 밤 12시를 넘어가는 시간, 서보미는 여전히 집에 갈 생각도 하지 않은 채 관련 공부를 하는 데 여념이 없었다.

귀가 들리지 않아서인지 집중력만큼은 남달랐다. 귀를 잃고 집중력을 얻었다고 해도 될 만큼 일체 다른 짓을 하지 않았다.

자리에 한번 앉으면 세네 시간은 기본이다.

그렇다고 자리에 앉아 인터넷 뉴스 기사를 보느냐? 그것도 아니었다.

오로지 일에 관련된 내용을 찾아보거나, 딥 러닝 관련 서적들을 정독하는 데 혼신의 힘을 다했다.

방해될까 싶어 용호가 최대한 조용히 자리에서 일어났다. 어차피 서보미는 귀가 잘 들리지 않는 상태다. 용호가 일어나든 말든 신경 쓰지 않았다.

그렇게 조용히 퇴근하려던 용호가 서보미에게 다가가 인기척을 냈다.

며칠 전 했던 잔소리가 마음에 걸렸다. 뭔가 말문을 터야 할 것 같았다.

"먼저 가볼게요."

용호가 손을 흔들며 말했다. 그날의 마찰을 풀고 잘 해보자는 표현이었다.

그러나 서보미는 이미 잊은 듯했다.

"아, 네 저는 더 볼 게 남아서."

아니, 아예 신경 자체를 쓰지 않았다. 인사를 하면서도 눈은 책에 가 있었다.

딥 러닝의 역사.

서보미가 보고 있는 책의 이름이었다.

적막한 사무실, 서보미는 사무실 불을 모두 끈 채 집에서 가

저온 스탠드에 의존해 책을 읽어 나갔다.

'어렵다……'

봐도 봐도 어려웠다. 그래도 읽고 또 읽었다. 이해가 가지 않아도 일단 머릿속에 집어넣었다.

다행히 집보다 훨씬 집중이 잘 되었다. 7평도 채 되지 않는 원룸은 몸 누일 공간도 부족했다. 그곳에서 책을 읽고자 앉으면 갑갑함에 숨통이 조여왔다.

마치 이 세상에 나 홀로 존재하는 것 같았다.

'이제 내일부터 구현을 시작한다는데… 과연 내가 따라갈 수 있을까……'

팀원들이 공부를 하는 사이, 제프가 설계를 해나갔다. 시스템 구성에서부터 소프트웨어 스택 결정, 그리고 소프트웨어 내부 다이어그램까지 만들어 나간 것이다.

서보미에게는 옆에서 보기만 해도 공부가 되는 시간들이었다. 그저 폐나 끼치지 않으면 다행이라 생각했다.

'그러니까 더 열심히 해야 돼.'

서보미는 다시 마음을 다잡고 기지개를 폈다. 시간은 새벽세 시, 이미 집에 돌아가기에는 힘든 시간이었다.

사용하는 언어는 파이썬으로 최종 결정되었다. 빠르게 개발하겠다는 의지와 딥 러닝 관련 다양한 라이브러리를 지원해 준다는 점, 그리고 glue 언어라는 장점에 의해 채택되었다.

glue 언어.

일종의 풀처럼, 다른 프로그래밍 언어로 만들어진 프로그램들에 쉽게 접근할 수 있다.

개별 언어들로 만들어진 소스 코드를 분석해야 하기에 glue라는 특성은 필수라고 볼 수 있었다.

제프는 개발 언어를 정하고, 그 위에 어떤 라이브러리를 사용할 것이고 직접 만들어야 되는 것은 무엇인지까지 천천히 설명해 나갔다.

모두가 영어로 된 설명, 문득 용호는 서보미가 제대로 알아듣고 있는지 궁금하여 쳐다보았다.

'알아듣고 있다는 뜻인가.'

열심히 고개를 끄덕이고 있기는 했다. 그런데 정말 알아듣고 고개를 끄덕이는 건지 잘 파악되지 않았다.

영어에 능통해야 할 뿐만 아니라 입 모양도 정확하게 읽어야 한다. 한국어 독순술을 익히기도 까다롭기 그지없는데 영어까지 익혔다는 것이 믿기지가 않았다.

"부장님, 서보미 씨는 지금 제프 설명을 알아듣고 있는 겁니까?"

"내가 알기로는 웬만한 통역사 저리 가라라고 알고 있는데, 정 궁금하면 직접 물어봐."

손석호가 짓궂은 미소를 지으며 손가락으로 서보미를 가리켰다. 미소에 담긴 의미를 알 것 같았던 용호가 얼른 고개를 돌리고 다시 제프의 말에 집중했다.

이야기는 이제 막바지에 다다르고 있었다.

"앞으로 2개월을 프로토 타입이 나오는 기간으로 보겠습니다. 그렇게 1차 결과물을 만들고, 다시 수정 보완하는 방향으로 일을 진행할 겁니다. 궁금한 점 있으신 분?"

용호는 제프가 많이 유해졌다고 생각했다. 과거 같았으면 질문 같은 건 받지 않았을 것이다.

모르면 끝이다. 그 뒤로 상대하지 않았다. 뒤편에 앉아 있던 서보미가 번쩍 손을 들었다.

"제가 알기로 사용하시려고 하는 텐서플로는 쿠글에서 분산 처리 환경은 공개하지 않은 것으로 알고 있는데요. 분산 처리가 되지 않으면 성능 문제가 발생할 여지가 많은데 이 점은 어떻게 해결하실 생각이신가요?"

"……."

용호가 놀란 표정을 감추지 못했다. 아마 회의실 내 모두가 같은 생각일 것이다.

하지만 제프는 달랐다. 그저 담담하게 서보미의 질문을 받았다. 설계하기도 바쁜 시간, 팀원들의 이력 하나하나를 살펴볼 시간이 없었다. 그저 용호를 믿은 만큼 실력 있는 친구를 넣었거니 지레짐작했을 뿐이다.

"그 점이 현재 병목 지점 중 하나입니다. 이슈를 해결하기 위해 제가 쿠글에서 일하며 봐왔던 내용들을 적용할 생각입니다. 이건 생각이 정리되는 대로 다시 말씀드리죠."

서보미는 영어로 듣고 말함에 있어도 막힘이 없었다. 그동안의 피나는 노력 덕분인지 대화의 수준도 전혀 떨어지지 않았다.

용호는 서보미에게서 눈을 떼지 못했다.

"보, 보미 씨."

"네, 사장님."

서보미는 은근 칭찬을 기대했다. 지금까지 자신의 노력이 얼마나 대단했는지 스스로도 잘 알고 있다. 방금 전의 질문으로 그런 피나는 노력이 완연히 나타났다고 볼 수 있었다.

스스로가 대견했다.

그러나 용호는 칭찬을 하려는 것이 아니었다.

"코, 코에 피가……."

안쓰러운 듯 용호가 서보미의 코밑으로 손을 가져다 댔다. 코에서 흘러내린 피가 용호의 손을 적셨다.

용호의 행동에 서보미가 급하게 주머니에서 하얀색 손수건을 꺼내 코를 막았다.

"괜찮아요? 너무 무리한 것 같은데 오늘은 일찍 들어가도록 해요."

걱정이 된 용호가 퇴근을 권했다. 하지만 서보미는 듣지 않았다.

"아닙니다. 다 같이 고생하고 있는데요, 뭘."

"서보미 씨!"

안쓰러운 마음에 자신도 모르게 언성이 높아졌다. 코피를 막고 있던 서보미는 어차피 목소리의 고저를 알지 못했다.

여전히 커다란 눈망울로 용호를 볼 뿐이었다.

"그냥 오늘은 제 말대로 하세요."

서보미가 알아들을 수 있도록 천천히, 그리고 또박또박 말했다. 사장님의 말이다. 서보미도 더 이상 자신의 주장을 내세우지 않았다. 그저 천천히 고개를 끄덕였다.

그제야 자신도 모르게 서보미의 어깨 언저리에 올라가 있던 용호의 팔도 제자리를 찾아 내려갔다.

*   *   *

집으로 돌아가는 길, 서보미는 시름에 잠겼다.

'혹시 화나셨나……'

자신의 이름을 부르던 굳은 표정이 머릿속에서 떠나질 않았다. 들리지 않아서 어조가 느껴지지 않았지만 분위기로 보아 격한 말투였을 것으로 짐작되었다.

이미 늦은 시간이다. 서보미는 집으로 돌아가는 택시 안에서 다시 책을 꺼내 들었다.

'고민한다고 해서 해결될 것도 아니고.'

어차피 고민한다고 해결될 문제도 아니었다. 자신에게 화를 낸 것 같았지만 그저 짐작일 뿐이다.

확실하지 않은 일이다.

그렇다면 확실한 일을 먼저 처리하는 것이 낫다. 서보미에게 당장 당면한 문제는 책을 보고 공부를 해야 한다는 것이다.

'귀는 가져가셨지만 머리와 집중력을 주셔서 다행이야.'

서보미는 귀가 들리지 않는 불편함을 나름 괜찮은 머리와 집중력과 맞바꾸었다 생각했다.

하나를 주고 두 개를 얻었으니 오히려 이익이다. 그렇게 긍정적으로 생각하기로 했다.

어느새 코피는 멎어 있었고 밤이 깊어가는 것처럼 서보미는 책 속으로 빠져들었다.

나대방은 갑자기 보인 피에 용호가 흥분했다고 생각했다.

"혀, 형님, 괜찮으세요?"

용호는 털썩 자리에 주저앉았다. 왜 그렇게 흥분했을까? 스스로에게 물어봐도 답을 찾기 힘들었다.

"일단 피부터 닦고 오세요."

휴지로 닦기는 했지만 아직 손에 피가 묻어 있었다. 비릿한 냄새가 손에서부터 올라와 코를 찔렀다.

용호는 일단 씻어야겠다고 생각했다. 바로 자리에서 일어나 화장실로 향했다. 차가운 물에 손을 적시고 나서야 흥분했던 정신이 가라앉았다.

'너무 무리한다 싶었어.'

애초에 너무 무리한다 싶었다. 그렇지 않아도 불편함을 가지고 있는 그녀다. 그런 몸으로 매일 자신보다 늦게 퇴근하는 강행군을 이어갔다.

'나도 옛날에 저랬었지.'

자신만큼 노력하는 사람들은 몇몇 보아왔다. 그런데 자신보다 더 열심히 하는 사람은 처음이다.

그 노력이 얼마나 힘든지 누구보다 잘 알고 있다.

그 길이 얼마나 힘든지 알기에 '나처럼 노력하면 된다'는 말은 하고 싶지 않았다.

더구나 자신은 특별함을 가지고 있지만 서보미는 불편함을 지니고 있는 상황이다.

코피를 흘리는 그 모습에 괜스레 화가 치밀어 올랐다.

무엇이 그녀를 그렇게까지 몰아붙이는 걸까.

궁금해졌다.

＊　　　　　＊　　　　　＊

모두가 퇴근한 시간, 용호는 앞으로 회사와 함께할 명단을 확인했다. 이제 며칠 뒤면 수습 기간이 끝나는 것이다.

딥 러닝 개발도 중요했지만 인력 관리도 그에 못지않았다. 팀 별로 개발한 과제는 그리 만족할 만한 수준은 아니었다.

수습 기간 동안 진행한 팀 프로젝트가 반드시 결과물을 만들어내야 하는 일은 아니었다. 결과물을 만들어가는 과정이 회사와 잘 맞는지가 주된 평가 요소였다.

3개월이 채 끝나기도 전에 몇몇 인원들은 낙점된 상태였다. 명단을 확인하던 용호는 의외의 인물이 들어 있음을 확인했다.

"배기태 씨도 있네요?"

"처음에는 나도 긴가민가했지만 갈수록 괜찮은 사람이더라고, 근본까지 그리 나쁜 사람은 아니었어."

"호오……."

그 이름을 확인한 용호가 초콜릿을 하나 털어 넣었다. 안병훈의 눈을 믿지 못하는 건 아니었다.

퇴근한 배기태가 집으로 들어섰다.

"나 왔어."

요리를 하던 아내가 반가운 목소리로 반겼다.

"왔어요? 잠깐만 기다려요. 당신 좋아하는 꽃게탕 끓이고 있으니까."

방에 있던 아들도 문을 열고 나왔다.

"아버지, 다녀오셨습니까."

"그래, 오늘은 별일 없었고?"

말을 하는 배기태의 인상이 달라져 있었다. 항상 피곤에 찌든 얼굴에 어딘가 불만이 가득해 보였었는데 지금은 다르다.

얼굴 한가득 차지하고 있던 불만은 사라지고 여유와 가족에 대한 애정이 빈자리를 메웠다.

마중 나온 아들이 배기태를 물끄러미 바라보았다.

"네, 오늘 수습 기간 마지막이죠? 그간 수고하셨어요."

어른스러운 말투였다. 가끔 자신도 적응되지 않을 때가 있었다. 그러나 엇나가는 것보다는 훨씬 좋은 것 아닌가. 배기태는 이제 매사 긍정적으로 생각하기로 했다.

"그래, 고맙다."

요리를 하던 아내도 깜짝 놀랐는지 고개를 돌려 배기태를 바라보았다. 지금까지 단 한 번도 저런 식의 말을 한 적이 없었다.

퇴근하면 12시다.

들어오면 자기 바빴고, 일어나면 출근 준비에 정신이 없었다. 과도한 업무는 과도한 피로로 이어졌고 피로는 곧 배기태에게서 여유를 앗아갔다.

주변 사람들의 진심을 볼 수 있는 여유, 자신의 진심이 무엇인지 돌아볼 수 있는 여유가 없었다.

아내가 이내 정신을 차리곤 식탁 위에 꽃게탕을 올려놓았다.

"자, 밥 먹자."

지난 3개월간 이렇게 매일 함께하는 저녁 식사 자리가 생겼다.

함께 있는 시간이 생기니 대화를 할 수 있는 장이 마련되었다. 일상의 소소한 즐거움이었다.

희비가 엇갈렸다.

누군가를 뽑기 위한 수습 기간이 아니었다. 정말 아닌 사람을 걸러내는 작업이었다.

모두를 뽑을 수는 없었고, 몇 명은 회사와 맞지 않아 결국 함께 가지 못했다. 최종 합격률은 90% 정도로 정리되었고 최종 입사자들이 한자리에 모였다.

"축하합니다, 앞으로 잘 해봐요."

용호가 한 명씩 악수하며 인사를 나누었다. 그 속에는 서보미도 한자리 차지하고 있었다.

용호가 그녀 앞으로 걸어갔다.

"축하해요. 지금까지 수고 많았고, 앞으로도 잘해 봅시다. 제프가 어디서 이런 인재를 구했냐며 칭찬이 대단해요."

"감사합니다."

서보미가 용호의 손을 마주 잡으며 살짝 고개를 끄덕였다.

"그리고 너무 무리하지는 말아요, 보미 씨가 아프면 우리 회사도 손실이니까."

용호는 대답도 듣지 않은 채 바로 다음 사람에게 넘어갔다. 서보미는 용호가 유독 자신 앞에서만 더 많은 시간을 보냈다는 사실을 느끼지 못한 듯했다.

*   *   *

응애, 응애!

나대방은 보던 책을 덮을 수밖에 없었다.

아침을 준비하던 최혜진이 황급히 애기를 보기 위해 달려왔다. 나대방이 그런 최혜진을 만류했다.

"아침은 안 먹고 가도 된다니까."

"시아버지가 당신 아침은 꼭 챙겨주라고 하셨단 말이야."

"괜찮다니까 그러네."

"안 돼! 가장이 밥을 든든히 먹고 다녀야지."

"그럼 내가 애기 볼 테니까, 하던 거 마저 해. 조금 있으면 출근해야 돼."

출근 시간이 다가오자 최혜진도 어쩔 수 없다는 듯 나대방에게 애기를 넘겼다. 나대방을 닮아서인지 우량아였다.

단지 딸이라는 게 마음에 걸릴 뿐이었다.

"우리 딸 꼭 아빠 닮지 말고, 엄마 닮아서 예쁘게 커야 한다."

나대방의 딸도 마치 그 말을 알아들었다는 듯 울음을 멈추었다. 최혜진이 밥을 다 차려놓고 나대방을 찾았다.

"어서 밥 먹고 출근해야지. 며칠 뒤면 서비스 론칭이라며."

"우리 딸도 밥 먹자."

딸과 아버지의 오붓한 식사 자리였다.

제임스도 출근 준비가 한창이었다. 그리고 그 출근의 끝은 항상 같은 일로 마무리되었다.

딩동.

바로 옆 카스퍼스키가 살고 있는 집의 문을 두드렸다. 얼마 지나지 않아 말끔한 모습의 카스퍼스키가 밖으로 걸어 나왔다.

여전히 잘생김이 뚝뚝 묻어 나왔다.

"가자."

옆에 서 있는 제임스가 집사 같았다. 집을 나서 회사로 출근하는 길에 제임스가 말했다.

"이제 끝났다, 오늘 결과가 나온다."

"결과가 잘 나와야 할 텐데."

개발은 마무리되었다. 이제 그 결과를 볼 차례였다.

회의실 공기가 팽팽하게 당겨졌다. 모두의 시선이 앞에 띄워져 있는 스크린에 집중되어 있었다.

자리에 앉아 있던 제프가 하나씩 명령어를 완성시켜 나갔다.

$sudo python main.py

그러고는 엔터 이내 화면에 로딩 문구가 나타났다.

[code analyer······ 40%]
[code analyer······ 80%]
[code analyer······ 99%]

분석이 완료되고 고대하던 성능 결과가 화면에 나타났다.

320건 중 312건을 발견하고 해결했다.

97.5%의 해결률을 보였다. 반올림하면 98%, 여전히 2%가 부족했다.

"그래도 이 정도면 선방했네, 조금 더 해서 2%만 보강하자."

제프가 괜찮다는 듯 사람들을 격려했다. 앉아 있던 용호도 마찬가지 반응을 보였다.

첫술에 배부를 수는 없다.

"지금이 일차 버전이니까, 곧 원하는 성능을 찍을 수 있을 거야. 다들 조금만 더 힘내자."

성능을 확인한 후 부족한 2%를 채우기 위해 각자 제자리로 돌아갔다.

업데이트에 업데이트를 더했다. 시간이 지날수록 개발에 참여한 인원의 몰골이 피폐해져만 갔다.

눈가의 다크서클은 깊어져만 갔고, 몇 가지의 영양제로 하루를 버텨내었다.

그럴수록 눈빛만은 형형하게 빛났다. 마치 진리를 추구하는 수도자의 모습이었다.

시간이 지날수록, 진리에 가까워질수록 오히려 선명해지는 정신처럼, 용호 일행도 그랬다.

1%, 0.1%씩 성능이 올라갈수록 할 수 있다는 희망에 사로잡혔다. 힘이 들지만 해내고 있다는 보람으로 가득 찼다.

보람을 동력으로 삐걱거리는 몸을 겨우 추슬렀다.

'조금만 더'라는 집념이 TF팀 안을 가득 메우고 있었다. 누구 하나 한눈파는 인원이 없었다.

한창 집중하고 있는 사이 업무를 위해 개설해 놓은 slack 채널로 알람이 하나 떠올랐다.

데이브가 보낸 것이었다.

—나사 납품 확정, 현재 성능에 대만족.

채널의 내용을 확인한 용호가 환호성이 터져 나오려는 입을 겨우 막았다.

개인 채널로 온 연락이었기에 다른 이들은 아직 알 수 없는 사실이었다.

용호가 빠르게 답장을 남겼다.

―일단 너와 나만 알고 있는 사실로 하자.

한창 불이 붙은 상황이다. 이 불을 꺼버리고 싶지 않았다. 어쩌면 기적과도 같은 광경을 보게 될 수 있을 것 같았다.

밥이 입으로 들어가는지 코로 들어가는지도 몰랐다. 샤워를 할 때면 수도꼭지를 잠그지 않고 나오기 일쑤였다.

일할 때 착용하는 안경을 버젓이 끼고 있으면서도 없어진 줄 알고 두리번거리기가 수차례였다.

옆에서 보면 정신 나간 사람으로 알 수도 있을 법한 모습이었다.

누구 하나에게서 일어나는 일이 아니었다. 현재 일을 하고 있는 모두에게서 공통적으로 나타나는 모습이었다.

밥을 먹다 말고, 나른한 오후 차 한 잔을 하러 잠깐 내려와 다시 급하게 사무실로 뛰어올라 갔다. 방금 전 머릿속에 떠오른 생각을 코드로 구현하기 위해서였다.

처음 약속한 기간의 끝에 다다를수록 증상은 심화되어 갔다. 더 이상 내버려 두었다가는 컴퓨터 안으로 기어들어 갈 기세였다. 용호는 이쯤에서 그만할까 고민했다.

"안 돼."

한마음 한뜻으로 소리쳤다. 어느새 개인이 아닌 우리가 되어 있었다. 너의 일이 아니라 나의 일이 되어 있었다.

그건 곧 Fixbugs에 대한 애정으로 나타났다.

유일무이한 완벽한 프로그램이라는 타이틀을 따내고야 말겠다는 강력한 결심들이 느껴졌다.

"그러면 마지막 일주일, 일주일 이내에도 안 된다면 여기까지만 하자."

이제는 오히려 용호가 사람들을 만류했다. 일을 더하겠다는 사람들을 말린 것이다. 이러다 누구 하나 병원에 실려 가야지 끝날 것 같았다.

이미 나사에 납품하기로 되었다고 언질을 해놓았다. 그러나 목표는 밖에 있지 않았다. 그들 스스로가 인정하는 품질의 제품이 나오길 염원했다.

끌어당김의 법칙.

한 명도 아닌 7명이 염원했다, 불가능은 없다.

*　　　　*　　　　*

딥 러닝에서 가장 중요한 핵심을 꼽자면 속도를 빼놓을 수 없다. 얼마나 빠르게 데이터를 분석하여 예측하고자 하는 결과를 내놓을 것인가가 관건이다.

천 대가 넘는 컴퓨터를 활용하여 일을 처리하는 분산 처리가 괜히 나온 것이 아니다. 하나의 작업을 쪼개어 일을 시키는 분산 처리, 이는 곧 산업화 시대를 이끌어온 분업화가 컴퓨터에도 그대로 적용되는 것이다.

단일 CPU가 하나의 작업을 처리하는 것이 아니라 수천 대의 컴퓨터가 하나의 작업을 각각 쪼개어 일을 하고, 그것을 다시 합치는 기술이다.

분산 처리, 병렬 처리.

누구나 한 번쯤 들어봤을 것이다. 그리고 이런 궁금증을 가졌을 것이다.

왜 단일 CPU에서 처리하지 못하는가?

더 좋은 컴퓨터를 만들어 단일 PC에서 처리하면 될 일 아닌가.

4GHz의 벽이라는 것이 있다. CPU를 살 때 보면 나오는 단위인 GHz가 4 근처로 올라갔을 때 소비되는 전력을 견디지 못하는 것이다.

그래서 이를 전력 장벽이라고 부른다.

전력 장벽, 말 그대로 장벽이다. 4가 되는 순간 발생되는 발열에 의해 보드가 타버리는 것이다. 아직까지 해결되지 못한 문제였다. 그리고 앞으로도 해결되지 못할 것이라는 것이 중론이다. 발열을 없애기 위해 소위 '덕후'들에 의해 액체 질소까지 사용한 냉각 법을 사용하여 7.5GHz까지 올린 사례도 있다.

하지만 일반 컴퓨터를 액체 질소까지 사용하여 클럭 수를 높이는 건 너무 비효율이다.

쿠글에서 공개한 딥 러닝 오픈 소스 라이브러리인 '텐서플로'에는 이러한 성능을 높이기 위한 분산 처리 방법이 공개되어 있지 않았다. 기업용으로 사용하기에는 앙꼬 없는 찐빵이라 할 수 있었다. 모든 개발 역량이 그 앙꼬를 만드는 것에 집중되었다.

서보미는 파면 팔수록 새로운 것들이 나오는 세상이 신비로웠다.

'역시 딥 러닝만 공부한다고 되는 일이 아니었구나.'

딥 러닝을 공부하다 보니 분산 처리에 대해 알게 되었고, 분산 처리에 대해 공부하다 보니 클라우드에 대해 관심을 가지게 되었다.

마냥 동떨어진 기술은 없다.

대부분의 기술이 서로가 서로에게 의지하며 연관성을 가지고 있다. 의존성이 있는 것이다.

공부를 하던 서보미가 주변을 둘러보았다.

'하여간 대단해… 나는 그저 텐서플로에 분산 처리가 빠져 있다고 어디서 본 걸 말한 것뿐이지만.'

눈앞의 사람들은 직접 구현하고 있었다. 우리가 눈으로 보고 동작하는 하나의 결과물을 만들기 위해서는 수많은 작업이 들어간다.

쌀밥과 마찬가지다.

하얀 쌀밥을 먹기 전까지 일 년여간 농부의 수고로움이 들어가듯, 우리가 사용하는 웹 사이트나 핸드폰의 앱 등도 뒤에서 보이지 않는 프로그래머의 수고로움이 들어가는 것이다.

'일을 한다는 건 쉽지 않은 거구나.'

오픈 소스 프로젝트야 시간 날 때 조금씩 해도 상관없었다. 하지만 일은 아니다. 주어진 일정이 있고 기본적으로 기간을 맞춰야 한다.

'하아… 눈 아파.'

하루 종일 컴퓨터 앞에만 앉아 있었더니 이제 눈까지 시큰거렸다. 눈꺼풀이 파르르 떨리는 것이 마그네슘 부족을 알려왔다.

서보미는 용호가 팀원들을 위해 사다놓은 각종 영양제 중 마그네슘이라 적힌 병에 있는 걸 한 알 털어 넣었다.

효과가 있는지 확실치는 않았지만 영양제를 먹는 것만으로도 왠지 건강해진 느낌이었다.

그리고 다시 코딩을 시작했다.

*　　　　*　　　　*

—미 나사 소프트웨어 공급 계약 체결

다음 날 언론에 뜬 기사였다. 지하철 참사를 막았을 때 각종 언론에 얼굴을 비친 건 이럴 때 연락할 '창구'를 만들기 위함도 있었다.

지난번 취재가 용호의 삶과 과거 같은 인간적인 면에 초점이 맞춰져 있었다면 지금은 달랐다.

용호가 이룬 업적, 곧 회사에 대한 내용이 주를 이루었다.

"얼마 전 지하철 참사를 막았던 용감한 의인이시죠. 이용호 씨 회사 앞에 나와 있습니다. 미 현지 나사의 말에 의하면 'Fixbugs 측과 버그 분석 솔루션에 대한 공급 계약을 체결한 것이 맞다'라고 하는데요. 과연 어떤 기술력을 가졌는지 함께 보시겠습니다."

기술력에 그 초점이 맞춰진 것이다. 언론에서는 앞다투어 회사의 기술력을 홍보해 주기 여념이 없었다.

회사로 물밀 듯이 밀려온 취재진들이 회사 내 곳곳을 찍어 댔다. 그 속에 사람이라 믿기 힘든 몰골의 TF팀도 있었다.

취재진 중 한 명이 인터뷰를 하기 위해 다가왔다. 이미 사전에 누구와 인터뷰를 할지 이야기가 되어 있었다. 그런데 감독으로 보이는 사람이 급하게 손짓했다.

"저기, 저 사람으로 하지."

가리킨 사람은 카스퍼스키였다. 그 모습을 지켜보던 용호는 아차 싶었다. 사무실 내의 누구도 괜찮았지만 딱 한 사람만 제외였다. 하필이면 그 사람을 찍은 것이다.

"그러면 개발자 한 분과 인터뷰를 해보겠습니다."

인터뷰어가 카스퍼스키에게 다가가 마이크를 건넸다.

"지금 어떤 일을 하고 있는지 물어봐도 될까요?"

자리에 앉아 코드를 보고 있던 카스퍼스키가 머리에 헤드셋을 꼈다. 인터뷰를 하기 싫다는 표시였다.

용호가 재빨리 다가와 취재진을 말렸다.

"현재 중요한 작업 중이라 이분은 어려울 것 같습니다. 다른 분으로 하시죠."

인터뷰어도 아쉽지만 기존 약속대로 일을 진행해야 했다. 하지만 보면 볼수록 탐이 나는지 쉽게 발걸음을 옮기지 못했다.

*   *   *

TV 화면을 통해 Fixbugs가 방송되었다. 회사 내 전경부터 직원들에 대한 인터뷰까지, 찍어간 내용의 대부분이 공중파를 통해 전파를 탄 것이다.

그 방송을 용호의 부모님도 시청했다.

"어이구, 우리 아들 TV도 나오고 정말 성공하긴 했나 보네."

방송을 확인한 용호의 어머니가 자랑스럽다는 듯 TV화면에서 눈을 떼지 못했다. 이때까지 충분히 잘해왔다. 넓은 집과 편안한 생활이 용호의 성공을 어느 정도 짐작케 했다.

하지만 짐작일 뿐이다.

방송은 그 짐작을 현실로 받아들이게 만드는 계기가 되었다.

"장하다, 장해."

어머니는 여간 뿌듯한 게 아닌 듯했다. 사장 이용호라는 말이 나올 때마다 마치 자신의 일인 것처럼 기뻐했다.

화면에서 눈을 떼지 못한 것도 잠시, 쉴 새 없이 울려오는 전화를 받아야 했다.

방송을 확인한 친구들의 전화였다.

이제는 한동안 전화기에서 손을 떼지 못했다. 기분이 좋으신지 얼굴에서 웃음이 떠나가질 않았다.

"정말 뭔가 있긴 한 모양이야. 저렇게 방송까지 나오는 걸 보니."

방송을 보던 정진용이 중얼거렸다. 웃고 있지도, 인상을 쓰고 있지도 않았다. 단지 차가운 눈빛으로 화면을 주시하고 있을 뿐이었다.

옆에 익숙한 얼굴의 남자 한 명이 앉아 있었다. 정단비 회사에서 근무하고 있는 허지훈이었다.

"그렇긴 한 것 같습니다. KO 통신 수주 건도 그렇고, 인정할 건 인정하고 가야 할 것 같습니다."

"그래서야 어디 단비와 만날 수나 있겠어? 내가 자네를 긴히 만나는 건 그런 소리나 듣자고 하는 게 아니란 걸 잘 알고 있을 거라 생각했는데."

허지훈이 인상을 구겼다. 이미 몇 번의 교류가 있었던 듯 서로 간에 어색함이 없었다.

TV를 보던 정진용이 허지훈을 바라보았다. 허지훈의 구겨져 있던 인상이 곧바로 원상 복귀되었다.

"그래서 앞으로 어떻게 할 생각이지? 저러다가 공공 부문까지 들어오면 이대로 우리 회사가 문을 닫아야 할지도 모르는데."

"어떻게든 빼오겠습니다."

"그래, 잘 해봐. 정 안 되면… 할 수 없지. 자네 인생도 거기서 끝나면 될 테니까. 할 말 없으면 나가봐."

허지훈이 자리에서 일어났다. 말 그대로 더 이상 할 말이 없었다. 어차피 인생은 한 방이다. 정단비만 잡으면 끝이다.

차를 몰고 가는 내내 분노가 삭히질 않았다. 돈 많은 재벌집 아들로 태어난 것 말고는 볼 것도 없는 주제에 자신을 무시하다니 분노에 이가 갈리고, 손발이 떨려왔다.

"두고 보자, 내가 지금은 비록 고개를 숙이고 있지만……."

생각을 하다 보니 더욱 화가 치밀었다. 지금 당장 눈앞에 무릎을 꿇리고 싶었지만 그럴 수가 없다는 사실에 자동차 핸들을 꽉 쥐었다.

벌써 몇 년째 두고 보자는 말로 자신을 추슬렀는지 모른다. 신세기에서 근무할 때부터 정단비가 회사를 차려 나오기까지… 오직 하나만을 바라보았다.

"더 이상은 기다릴 수 없어, 그럴 수도 없게 됐고."

용호가 미국에 가 있을 때는 여유가 있었다. 정단비가 차린 스타트업이 망하면 정진용이 아버지께 말해 결혼을 시키기로 이미 이야기가 되어 있었다.

하지만 용호가 다시 한국으로 오면서 회사는 오히려 매출이 생기고 더욱 성장하려 했다.

이참에 회사에 뼈를 묻겠다는 생각을 하지 않은 것도 아니다. 하지만 그래 봤자 월급쟁이다.

외근을 핑계로 정진용을 만나고 회사로 다시 돌아갔다. 가자마자 정단비가 용호와 관련된 이야기를 시작했다.

"오늘 시연회를 한다고 하는데 같이 갈래요?"

"그러시죠."

듣기 싫었지만 할 수 없다. 아직 자신은 월급쟁이에 불과하다. 반전을 위해서는 참아야 될 시간이 필요하다. 지금이 바로 그 시간이다.

허지훈이 차를 몰고 정단비가 바로 옆에 앉아 있었다. 정단비에게서 나는 향기가 잔뜩 곤두서 있던 신경을 안정시켜 주었다.

"그런데 무슨 시연회를 한다는 겁니까?"

"Fixbugs 솔루션 업그레이드 버전이 나왔다고 하네요."

"업그레이드 버전이요?"

"버그 발견 및 해결률을 90%에서 100%로 성능 향상을 시켰다고. 하여간 정말 대단해요. 100프로라니."

정단비가 감탄사를 쏟아냈다. 순간 정단비의 몸이 앞으로 쏠렸다. 안전벨트를 하고 있는 것이 다행이었다.

끼이이익.

허지훈이 횡단보도의 빨간불을 확인하고 급하게 브레이크를 밟았다.

"아, 죄, 죄송합니다."

"하하, 괜찮아요. 허 수석님도 놀랐나 보죠?"

정단비가 괜찮다는 듯 웃어 보였다. 100이라는 숫자를 들으면 그럴 수 있다 생각한 것이다.

하지만 허지훈이 놀라기에는 아직 일렀다. 다시 몸을 바로한 정단비가 말을 이어나갔다.

"그래서 말인데, 그게 정말 사실이라면 용호 씨 회사로 들어가는 것도 나쁘지 않다고 봐요. 핵심 개발자였던 손 수석님도 회사를 떠났고, 용호 씨의 회사에 편입되면 우리 추천 솔루션의 성능도 어디까지 향상될지 궁금하기도 하고."

"……"

정단비의 말에 허지훈은 입술을 꾸욱 다물었다. 처음 용호와 만났을 때는 자신이 상사였다.

그런데 몇 년이 지난 지금, 자신은 그대로이나 용호는 사장이 되었다. 이제는 그 아래로 들어가야 한다는 말까지 듣게 되었다.

이럴 수는 없다.

"오늘 한번 제안해 보려고요. 받아들여 줄지는 모르겠지만."

부아아앙.

허지훈의 차가 다시 굉음을 토해내며 출발했다. 정단비의 말이 계속될수록 허지훈은 액셀러레이터를 더욱 힘주어 밟았다.

하지만 걸어가도 10분이면 도착할 거리였다. 허지훈은 다시 브레이크를 밟을 수밖에 없었다.

Chapter 5
첫 번째 M&A

조촐하게 아는 사람들이나 모아서 하는 시연회로 생각했다.

그런데 장소가 뭔가 이상했다.

"…정말 여기서 하는 게 맞는 겁니까?"

허지훈이 차를 주차하며 다시 한번 확인했다. 정단비가 맞다는 듯 고개를 끄덕였다. 역삼역에서 한 정거장만 이동하면 삼성역이다.

장소는 삼성역 바로 옆에 붙어 있는 한 호텔의 컨퍼런스 룸이었다. 호텔 입구부터 안내 요원이 깔려 있었다. 그리고 호텔 입구 안내판에서 행사의 정식 명칭을 확인할 수 있었다.

"Fixbugs, Hello World."

정식 명칭을 확인한 정단비가 읊조렸다.

"헬로 월드라네요."

용호는 정단비에게 자세한 사항을 알려주지 않았다. 긴밀한 관계를 유지하고 있기는 하지만 외부 사람이다. 군이 상세한 사항을 설명할 필요는 없었다.

"…헬로 월드는 무슨."

호텔 정문 입구로 들어간 정단비가 그중 한 명에게 다가가 말하자 미리 언질이 있었는지 VIP실로 안내되었다.

정단비도 볼 때마다 한 번씩 눈길을 줄 수밖에 없었다. 고개를 돌리지 않으려 했지만 자꾸만 힐끔거리려는 몸의 반응을 막을 수가 없었다.

일종의 자동 반사 같은 것이다. 그 눈길의 끝에는 카스퍼스키가 앉아 있었다.

"팀장님?"

이내 정단비는 정신을 차렸는지 용호를 바라보았다.

"생각보다… 일을 크게 벌였네요."

"하하, 그랬나요? 워낙 이 친구들이 일을 열심히 해줘서 저도 그에 걸맞은 대우를 해줘야 될 것 같았습니다."

정단비의 옆에 앉아 있던 허지훈의 눈길은 다른 곳에 가 있었다. 용호가 차고 있는 이름표, 그 안에 쓰여 있는 한 단어, CEO에 자꾸만 눈길이 갔다.

정단비도 이름표를 확인하고는 한마디 툭 던졌다.

"이제 정말 CEO 같네요."

비록 후드티를 입고 있었지만 전혀 후줄근해 보이지 않았다.

"후줄근해 보이지는 않나요? 하하, 입지 말라는 거 기어이 입었습니다. 양복을 입으면 영 불편해서."

용호가 후드티도 답답한 듯 앞섶의 자크를 밑으로 살짝 내렸다. 일반 후드티가 아니었다. 언제든 입고 벗을 수 있는 자크가 달린 옷이었다.

"아니에요, 잘 어울려요."

이번에는 정단비의 눈길이 용호에게서 떨어질 줄을 몰랐다. 그리고 허지훈의 눈길은 그런 정단비에게서 떨어질 줄을 몰랐다.

Hello World.

프로그래밍을 할 때 가장 먼저 하는 일이 Hello World를 화면에 출력하는 일이다.

'프로그래밍을 할 때 가장 먼저 사용해야 하는 프로그램이 Fixbugs다'라는 의미로 용호가 지은 명칭이었다.

Fixbugs에서 개최한 첫 번째 개발자 컨퍼런스의 행사명인 것이다.

용호의 유명세, 그리고 제프 던이라는 걸출한 프로그래머, 카스퍼스키라는 떠오르는 신예까지… 외부 개발자들이 컨퍼런스에 참석할 이유는 충분했다.

거기에 한창 이슈가 되었던 인공지능과 천재 바둑 기사의 대결로 관심이 쏠려 있는 딥 러닝에 대한 세션도 있었다.

Fixbugs에 적용한 딥 러닝 기술에 대한 간략한 설명과 적용 결과에 대한 시연회를 하기로 한 것이다.

안내 요원 한 명이 문을 열고 용호에게 다가왔다.

"사장님, 곧 시작합니다."

"그래요, 그럼 먼저 일어나 보겠습니다."

용호가 자리에서 일어나 먼저 양해를 구했다. 이내 컨퍼런스 룸의 단상에 선 용호의 인사말이 시작되었다.

정단비는 번잡함을 싫어했기에 VIP 룸에서 모니터를 통해 시청했다. 용호는 인사말을 통해 이번 컨퍼런스의 목적과 앞으로의 포부 등을 이야기했다.

평범한 내용은 없었다.

세계 일류 소프트웨어 기업으로 성장할 것이다.

앞으로 'Fixbugs Hello World' 행사에는 세계 유명 개발자들이 찾아올 것이다.

이 두 가지 내용만으로도 앞으로 큰 반향을 일으킬 것 같았다. 하지만 그다음 내용이 컨퍼런스 룸을 더욱 충격으로 몰아넣었다.

"아마 제가 말한 저희 솔루션에 대해 믿지 못하는 분이 계실 수도 있다고 생각합니다. 그래서 혹시 즉석에서 코드를 제공해 주실 분이 계시면 성능을 확인시켜 드리겠습니다."

짜고 치는 고스톱이라 생각하는 사람들이 있을까 염려한 조치였다. 상용 서비스를 시작하기 전 일종의 쇼다.

이곳에 모인 수많은 개발자들이 각자 자신들의 회사나 집으로 돌아가 Fixbugs를 사용하도록 만들기 위한 마케팅 방법의 하나였다. 그리고 자사 제품에 대한 자신감이었다.

용호의 말에 이곳저곳에서 몇몇 사람들이 손을 들었다. 그중 몇몇만을 선택한다면 조작설이 흘러나올 수도 있었다.

"모두 올라오세요."

손을 든 사람 모두가 용호가 있는 단상으로 올라왔다.

```
[code analyer…… 100%]
[code analyer…… 100%]
[code analyer…… 100%]
……
```

각각의 소스 코드가 그 자리에서 분석되고 결과가 출력되었다.

"여기 코드와 그 결과가 있습니다. 이 두 가지를 지금 바로 인터넷에 올리겠습니다. 만약 저희가 찾아낸 버그 외에 문제가 발견된다면… 발견하시는 분께 상금 일억 원을 드리겠습니다."

"……."

일억이라는 말에 컨퍼런스 장에 침묵이 찾아왔다. 그리고 이내 부산스러워졌다.

혹시나 버그를 찾을 수 있지 않을까, 용호가 양해를 구하고 올린 코드를 살펴보기에 여념이 없었다.

"그럼 잠시 30분간의 휴식을 가지고, 다음 세션을 시작하겠습니다."

휴식 시간 30분은 혹시나 버그를 발견할 수 있을까 기대하는 개발자들에 대한 배려였다.

허지훈도 처음부터 끝까지 듣고 있었다.

"…일억?"

지금 받고 있는 연봉이 일억이었다. 적지 않은 돈이다. 일반 대기업에 다닌다면 과장 이상, 부장급은 돼야 받을 수 있는 연봉이었다.

과장이나 부장이 되는 것도 쉽지 않다는 걸 감안한다면 결코 적은 돈이 아니었다.

일억을 받는다고 해도 세금을 떼고 나면 한 달에 받는 실수령액은 650만 원가량, 일 년으로 치면 칠천만 원이 조금 넘는 액수였다.

허지훈의 그런 속도 모른 채 정단비가 중얼거렸다.

"돈을 많이 벌긴 했나 보네요. 호텔에서 컨퍼런스를 하는 것도 놀라운데 상금이 일억이라니, 꽤나 후한데요."

허지훈이 자리에서 일어났다. 담배가 생각났다.

용호의 말대로 인터넷 Fixbugs 홈페이지에 방금 전의 코드가 올라와 있었다. 허지훈은 담배를 하나 입에 물고 내용을 살펴보았다.

"겨우 이런 걸 풀면 일억을 준다고, 그것도 건당?"

한 명에 일억이 아니다. 버그 하나에 일억이다. 열 개를 발견하면 십억이다.

허지훈은 진정이 되지 않는지 연신 담배 연기를 들이마셨다.

"어떻게 이럴 수가 있는 거지……."

작금의 상황을 받아들이기가 힘들었다. 한국에서 사장 노릇을 하고 있는 사람들 중 개발자 커리어를 가진 사람은 흔치 않았다.

대부분이 인사나 재무 라인을 거쳐 사장으로 올라선다. 사농공상의 생각 때문일까. 기술자는 천시되어 왔다.

지금도 크게 다르지 않았다.

그래서 자신도 정점에 올라서기 위해 경영학과를 택했다. 손에 꼽는 대학을 졸업해 여기까지 왔다.

그런데 선민대학교, 그것도 겨우 공돌이가 자신을 넘어섰다.

삼십 분의 휴식 시간은 쏜살같이 지나갔다. 사람들이 다시 자리를 채울 때 서보미가 긴장감을 감추지 못한 채 용호를 바라보았다.

"잘할 수 있습니다. 너무 걱정하지 말아요. 정 안 되겠다 싶으면 내가 올라가서 수습해 줄 테니까."

서보미는 식은땀을 흘릴 뿐 대답하지 못했다. 분명 큰 기회였다. 단지 기회가 너무 빨리 왔다. 자신은 이제 갓 입사한 신입 사원일 뿐이다.

"카스퍼스키야 워낙 앞에 나서기 싫어하고, 제임스는 보미 씨도 알죠? 그렇다고 제가 또 나서서 발표하기는 좀 그렇잖아요. 손 수석님도 이제 이런 자리를 양보해야 한다고 말씀하셨고요."

용호가 다시 한번 당위성에 대해 설명했다. 가만히 서 있는 서보미의 어깨에 용호가 손을 올렸다.

"잘 부탁해요. 어쩌면 보미 씨 손에 우리 회사의 명운이 달려 있다고 해도 과언이 아니에요."

이내 용호가 손을 내렸고, 서보미가 사람들 앞으로 걸어나갔다. 바로 다음 세션이 진행되었다.

Fixbugs 개발 과정, 서보미가 발표할 세션의 내용이었다.

여자 프로그래머는 흔치 않다. 더구나 컨퍼런스에서 발표를 하는 여자는 가뭄에 콩 나는 것보다 보기가 더 어려웠다.

"안녕하십니까. Fixbugs 연구원 서보미라고 합니다."

용호가 예고한 상금 일억을 타기 위해 사람들은 혈안이 되어 있었다.

서보미의 말에 제대로 신경조차 쓰지 않았다. 하지만 그다음 말이 사람들로 하여금 고개를 돌리게 만들었다.

"아마 다들 버그를 찾기 위해 혈안이신 것 같은데… 이번에 제가 발표하는 내용을 들으시면 그 힌트라도 얻으실 수 있을지 모릅니다. 제가 발표할 내용이 바로 어떻게 버그를 찾고, 찾아낸 버그를 어떻게 해결할 것인지에 대한 내용이니까요."

서보미가 거대한 스크린을 뒤에 두고 오른쪽으로 몇 걸음을 옮겼다. 단상은 그만큼 컸다. 가로 길이만 해도 족히 3미터는 넘어 보였다.

오른쪽으로 걸어가던 서보미가 다시 방향을 바꾸어 왼쪽으로 발걸음을 옮겼다.

"이제 관심이 생기시나요?"

마치 두더지 게임을 보는 듯했다. 고개를 수그리고 버그를 찾기 위해 혈안이 되어 있던 개발자들이 고개를 들고 서보미를 바라보았다.

버그 하나에 일억이다. 팁을 얻어 버그를 찾아낸다면, 오늘 팔자를 고칠 수도 있다.

수많은 사람들이 버그를 찾아내기 위해 노력했지만 팔자를 고친 사람은 없었다.

아니, 한 명 있었다.

서보미, 그녀였다.

50여 분간 진행된 세션은 그녀에게 삶의 변곡점을 만들어 주었다.

'이렇게 많은 사람들 앞에서 당당하게 이야기해 본 게 얼마만이야.'

서보미도 처음부터 귀가 들리지 않았던 건 아니었다. 대학 시절 사고를 겪은 뒤로 불편을 겪고 있었다.

그러자 활발했던 성격은 뒤로 물러나고, 소심하고 어두운 성격이 전면으로 나섰다.

그나마 지금은 많이 나아진 것이다. 한동안은 외부 활동 자체를 하지 않았다.

사람이 무서웠다. 정확하게 말하자면 그들의 시선이 무서웠다. 장애인으로 보는 그 시선을 견디기가 힘들었다.

'그래 당당하게 하면 돼. 내가 나쁜 짓을 하는 것도 아니고.'

오늘로서 내면에 자리하고 있던 그 어두운 찌꺼기마저 사라져 버린 것 같았다.

어둡게만 보았던 세상이 생각보다 그렇지 않다는 것도 깨달았다. 사람들은 서보미가 귀가 들리지 않건, 여자이건 신경 쓰지 않았다. 그들에게 중요한 건 서보미가 아니었다.

'중요한 건 '남'이 아니라 '나'였어.'

남이 아니라 나였다. 남들이 어떻게 생각하는지에 집착하다 나를 망쳐 버릴 뻔했다.

이제 아니다. 서보미로서 존재할 수 있는 계기가 되었다.

'감사하다는 인사는 해야겠지.'

발표를 끝낸 서보미가 VIP실로 들어섰다. 마침 용호가 눈에 띄었다. 그리고 그 옆에는 심각한 얼굴로 말을 건네는 정단비가 앉아 있었다.

*   *   *

정단비의 이야기를 끝까지 들은 용호는 잠시 조용히 앉아 있었다. 정단비가 참지 못하고 입을 열려는 찰나 용호가 다시 한

번 확인했다.

"회사를 인수해 달라는 말씀 진심이십니까?"

정단비는 한 치의 흔들림 없는 눈빛으로 용호를 보고 있었다. 그 단호함을 읽었을까, 용호는 정단비가 진심임을 알았다.

"갑자기 왜 그런 말을……"

용호는 이해가 가지 않는다는 듯 정단비를 바라보았다.

"뭐라고 해야 할까. 처음에는 그저 코딩 좀 하는 프로그래머인 줄 알았어요."

"……"

용호는 조용히 경청했다. 마침 VIP실로 들어서던 서보미도 심각한 분위기를 느끼고는 가만히 자리에 착석했다.

"미국으로 간다고 했을 때는 뭐, 그런가 보다 했죠. 어차피 내가 만든 회사가 더 성장할 테니까. 미국에서 돌아온 뒤에 우리 회사로 들어오는 것도 나쁘지 않을 것 같았어요."

정단비는 담담히 말을 이어나갔다.

"그런데 이제 와서 보니… 로켓의 조종사는 제가 아닌 것 같아요. 용호 씨가 하는 걸 보고 있을 때면 저도 가끔 가슴이 두근거리는 걸 느낄 때가 있어요. 이번에는 또 어떤 일을 벌일까? 어떤 식으로 문제를 해결할까. 기대하게 되더라고요."

그 자리에는 허지훈도 함께 앉아 있었다. 바로 옆에서 이야기를 듣고 있는 허지훈의 표정은 썩어 들어가기만 했다.

'뭐야, 회사를 넘긴다는 소리잖아.'

듣고 보니 결론은 하나였다. 자신이 속해 있고, 정단비가 소유하고 있는 회사를 용호에게 넘기겠다는 것이다.

'이래서 내가……'

어차피 주인은 정단비다. 조언은 할 수 있을지언정 결정은 할 수 없다. 정단비의 결정을 받아들여야만 했다.

공이 넘어왔다.

정단비의 제안을 받아들인 것인가 말 것인가. 용호는 당장 결정할 수 없음을 완곡하게 알렸다.

"지금 당장 결정하기에는 제가 정신이 없어서… 생각을 좀 해봐도 될까요?"

정단비가 흔쾌히 고개를 끄덕였다. 자신도 지금 당장 답변을 바란 건 아니다. 회사를 인수하는 문제다. 바로 답변한다는 것도 문제가 있는 일이었다.

"그럼요, 저도 당장 답변을 바라는 건 아니니까. 그렇다고 너무 오래 기다려 줄 수는 없으니까. 되도록 빨리 알려주세요."

말을 마친 정단비가 자리에서 일어났다. 시연회에 참석했던 가장 큰 목적을 달성했다.

어느새 점심시간이 코앞이었다.

"점심이나 먹고 가시죠."

용호가 일어나려는 정단비를 붙잡았다. 거기에 서보미가 끼어들 자리는 없었다.

*   *   *

참석해 있던 개발자들은 속속 도착하는 호텔 도시락에 탄성을 쏟아냈다.

"이야, 돈 많이 벌었나 보네."

빈틈 하나 없이 먹을거리들로 꽉꽉 채워져 있었다. 초밥에서부터 정성스럽게 잘라진 스테이크 조각, 살이 통통하게 올라 있는 새우까지 어느 것 하나 먹음직스럽지 않은 게 없었다.

"꽤 비쌀 것 같은데."

몇몇 여자 개발자들은 사진 찍기에 여념이 없었다. 먹음직스러워 보이기만 한 것이 아니었다. 최고급 도시락답게 비주얼에도 신경을 썼는지 먹기에 아까울 정도였다.

"대충 빨리 먹고 버그나 찾아."

그중에도 실리를 추구하는 이들은 있었다. '버그 하나에 일억' 컨퍼런스 홀을 사로잡고 있는 하나의 명제였다.

Fixbugs의 전 직원은 호텔 최상층에 위치한 뷔페에 자리 잡았다. 한강 조망권이 확보되어서인지 일반 뷔페보다 가격이 배는 더 비싸지만 창문 너머의 뷰는 그만큼의 가격이 아깝지 않게 느껴지도록 만들었다.

"역시 형님, 통이 크십니다."

"다 먹고살자고 하는 짓 아니냐. 아직 인원 수가 많지 않으니까… 이 정도 사치는 부려줘야지."

직원들도 처음 오는 뷔페에 하나같이 즐거워 보였다. 음식을 담는 내내 수군거림이 끊이질 않았다.

"저 새우 봐봐."

"역시 비싼 데라 그런지 생선 질이 다르네."

식도락의 즐거움에 취한 듯했다.

"그런데 정말 어쩌실 겁니까?"

"뭐가."

"어차피 손 수석님도 계시고, 굳이 인수할 필요가 없잖아요. 우리가 직접 만들면 되는데, 더군다나 형님이 세계 무대에서 추천으로 기적을 만드신 분인데 뭐가 아쉬워서 인수 합병을……."

나대방이 더 말하기 전에 용호가 손가락을 입에 가져다 대며 말했다.

"쉿!"

그러고는 고갯짓으로 한 방향을 가리켰다. 그곳에서 정단비와 허지훈이 막 식사를 시작하고 있었다.

"크흠, 흠. 흠."

나대방도 민망했던지 애꿎은 새우를 만지작거렸다.

"이게 참 살이 통통하네요, 하하하."

용호도 접시에 담겨 있던 고기를 한 점 베어 물고는 창밖을 바라보았다. 시선 그 너머에 한강이 도도하게 흐르고 있었다.

'어떻게 할까.'

용호의 고민이 깊어졌다.

*   *   *

용호가 제시한 시간은 행사의 마지막 세션이 끝나는 시간인 오후 5시였다.

지금 시간이 네 시 오십 분이다. 그러니 이제 십 분 남은 것이다. 개발자들의 발등에도 불이 떨어졌다.

"…야 이제 십 분 남았어."

"헐, 진짜? 찾았다는 사람 나왔는지 한번 봐봐."

옆에 앉아 있던 동료가 Fixbugs의 홈페이지를 살펴보았다. 용호가 올린 공지 아래로 무수한 댓글이 달렸지만 원하는 정보는 없었다.

아직까지 단 한 건의 버그도 발견되지 않았다. 일억의 주인공이 나타나지 않은 것이다.

"이대로 끝나는 건가."

컨퍼런스 홀 중앙에 설치된 거대한 스크린, 그 스크린의 화면에 카운트다운을 알리는 숫자가 나타났다.

지금 숫자가 5, 이제 종료까지 오 분밖에 남지 않았다는 뜻이었다.

마침내 앞으로 나온 용호가 스크린을 차지하고 있는 숫자를 선창했다.

삼.

이.

일.

"그럼 종료하겠습니다."

이내 화면이 바뀌고 결과를 알려주는 창이 나타났다.

제로.

단 한 건의 버그도 발견되지 않았다. 용호의 자신만만했던 말이 현실로 이루어진 것이다.

몇몇 개발자들은 허탈한 듯 스크린을 쳐다보았다. 한 건도 발견되지 않았다는 결과를 받아들이기가 힘들었다.

"저희도 아직 부족한 점이 많습니다. 하지만 이렇게 결과가 보여주듯이 아쉬운 부분보다는 장점이 많다고 생각합니다. 지금 화면에 보이는 수치를 믿지 못하시는 분도 있을 것이라 생각합니다. 믿으라고 강요하지 않겠습니다. 써보시고, 결과로 판단해 주십시오."

그 말을 끝으로 용호가 단상에서 내려왔다. 행사는 그걸로 마무리가 되었다. 그날 참석한 사용자들에게는 무료 이용권이 발부되었다. 총 세 번 Fixbugs를 사용해 볼 수 있는 이용권이었다.

허지훈은 정단비와 함께 돌아가지 않았다. 적을 알고 나를 알아야 백전백승이라 했다.

행사장에 끝까지 남아 용호를 관찰했다.

'…저렇게까지 놀라운 일인가.'

VIP실에만 있지 않고 행사장을 돌아다니며 사람들의 반응도 살폈다.

"장난 아닌데? 저거 쓰면 이제 버그에서 해방되는 건가."

"도대체 어떻게 했기에 저런 결과가 나오는 거지? 버그가 한 건도 없다는 게… 가능하긴 한 거였나."

퇴장하는 사람들의 대화를 들어도 별 감흥이 없었다. 그저 왜 저렇게 놀라는지 궁금할 따름이었다.

IT 쪽에서 일하고 있지만 허지훈은 기술 기반이 없다. 경영학과를 졸업해 IT가 돈이 된다는 생각으로 소프트웨어 업계로 진로를 정했다.

산업의 전반적인 구조나 현재 시대의 트렌드를 읽는 건 자신 있었다. 하지만 코딩은 아니다.

단 한 줄의 코딩도 해보지 않았다. 매일 문서와 씨름했을 뿐이다. 어차피 자신이 할 수 있는 일도, 할 일도 아니라 생각했다.

자신이 기획하면, 개발자는 만들면 되는 것이다.

허지훈은 퇴장하는 사람들 속에 섞여 호텔을 빠져나가며 생각했다.

'버그는 당연히 없어야 하는 것 아닌가.'

그 당연한 걸 없애는 것이 얼마나 어려운 일인지 허지훈은 알지 못했다.

직접 한 줄의 코딩이라도 해보지 않는 이상 평생 알지 못할 것이다.

쿠글 I/O의 경우 전 세계의 관심이 쏠리는 행사였다. 그곳에서 어떤 기술을 발표하는지, 앞으로 쿠글이 가고자 하는 방향이 어디인지 알기 위해 한국뿐 아니라 전 세계가 관심을 가진다.

아직 Fixbugs의 'Hello World' 행사는 그 정도의 반향은 불러일으키지는 못했다. 전 세계는커녕 한국에서도 몇몇 소프트웨어 전문 잡지에 소개되었을 뿐이다.

용호의 인지도 덕분에 공중파 뉴스에 잠깐 소개되었을 뿐 그 이상은 없었다. 하지만 용호는 그것만으로도 만족했다.

행사가 끝나고도 아직 결정을 내리지 못했다. 용호는 정단비 회사의 내부 사정을 잘 아는 손석호에게 물었다.

"손 부장님 생각은 어떠세요?"

"뭐, 기술은 가져올 게 없을 테고… 정단비 사장님의 영업력을 가져오고 싶다면 한번 해볼 만할지도 모르지."

"…아무래도 그렇겠죠?"

"나도 여기에 있고, 너도 여기에 있으니… 그 정도 솔루션이야 직접 만들어도 되니까. 더욱이 너는 그 수준이 아니잖아."

손석호도 용호가 마트에 방문한 손님들이 살 물건을 맞추는 모습을 인터넷으로 보았다.

방송이 끝날 때 까지 벌어진 입을 다물지 못했다.

"하긴 카스퍼스키에 제프까지 있으니……."

"정단비 사장이 아무래도 기반은 탄탄하니까. 영업할 때는 도움이 많이 될 거야. 재벌이라는 뒷배가 아직 우리나라에는 필요하니까."

용호가 알았다는 듯 고개를 끄덕였다. 손석호의 말까지 듣고 나자 안개 속에 가려져 있던 생각이 좀 더 명확해졌다.

길게 끌 일이 아니라 생각했다. 용호는 바로 정단비의 회사
를 찾아갔다.

용호의 굳은 표정에서 정단비도 느낀 듯했다.

"저는 기술력으로 인정받는 회사가 되고 싶습니다."

"……."

"팀장님께서 저에게 주신 도움, 아직까지 잊지 않고 있습니
다. 그랬기에 더욱 고민되는 일이었습니다. 물론 팀장님이 제게
도움을 받거나 해야 하는 위치가 아니란 건 잘 알고 있습니다."

정단비는 묵묵히 듣고만 있었다. 용호가 하고 있는 이야기의
결말을 이미 알아차린 듯했다. 용호 못지않게 표정이 굳어 있
었다.

"그런데 이렇게는 아닌 것 같습니다. '정단비'라는 사람을 감
당하기에 '현재' 저희 회사가 모자란 것 같습니다."

용호는 현재라는 말을 강조했다. 하지만 결과는 정단비의 예
상대로 완곡한 거절이었다. 정단비의 굳은 표정이 화가 난 건
지 아닌지 잘 판단이 되지 않았다.

잠시간의 침묵이 지나가고 정단비가 입을 열었다.

"…손 부장님이 저희 회사를 떠나 용호 씨에게로 갔을 때 저
는 아무 말도 하지 않았어요. 우리 회사의 핵심 개발자였음에
도 말이죠."

"잘 알고 있습니다."

"용호 씨가 미국으로 떠났을 때도 한동안 월급을 지급했어
요. 용호 씨가 다시 돌아와 함께 일할 걸 믿었기 때문이었어요."

"……."

"그 결과가 이거군요."

"재벌이라는 조명이 저희 회사와는 어울리지가 않습니다. 그렇게 컸다는 소리를 듣고 싶지 않습니다……."

"함께 일하기는 힘들다는 건가요?"

"아니요. 그래서 제가 '현재'라고 말씀드리지 않았습니까."

순간 정단비는 잘못 들었다고 생각했다. 지금까지 말한 내용과는 상반되는 대답이었다.

"그게 무슨 말……."

"지금 당장은 힘들 수 있습니다. 하지만 저희 회사가 신세기의 이름을 뛰어넘는 회사가 된다면 아무 상관없지 않을까 생각합니다.

"네?"

"그러니까 잠시간만 이 M&A를 미루자고 말씀드리는 겁니다. 그리 오래 걸리지는 않을 테니까요."

"도대체……."

"팀장님께 빚졌던 은혜는 그때 갚는 걸로 하겠습니다."

말을 마친 용호가 자리에서 일어났다. 도대체 용호가 가고자 하는 그 끝은 무엇일까. 정단비는 아직도 그 끝을 보지 못했다는 것을 여실히 느껴야 했다.

Chapter 6

시장에서 퇴출시키다

용호가 올린 버그 분석 사례로 인해 지난 몇 주 동안 마음 편히 회사를 다닌 적이 없었다.

"또?"

"…네."

"왜 우리는 못 찾는 거지?"

Find bugs tool사의 한국 법인 대표자가 한숨을 내쉬었다. 그걸 알았다면 이런 일도 발생하지 않았을 것이리라.

대답이 없자 남자는 다른 질문을 던졌다.

"미국에서는 뭐라고 하는데?"

주요 개발진은 미국에서 근무하고 있었다. 한국에서 하는 업무라고는 간단한 코드 수정이나 영업 직원들의 영업 활동이 대부분이었다.

"확인해 봐야 한다고 합니다."

또 똑같은 대답이 돌아왔다. 신세기에서 근무하다 정진용의 특명으로 넘어온 회사였다.

"이건 뭐 하나 제대로 되는 게 없구먼."

처음과 달리 비전이 흐려지고 있었다. 관계형 데이터베이스의 최강자 오라클 같은 세계적인 소프트웨어 기업으로 성장을 기대하고 회사에 합류했다.

그러나 이제는 회사가 망하지나 않기를 바라야만 했다.

사장이 구속되고 미국 법인에도 위기가 찾아오는 듯했다.

"모르겠다, 모르겠다……."

스티브는 한국에서 보내온 버그 케이스를 발견하지 못하는 개발진을 질책했다.

"왜 모르지? 일을 하기 싫다는 건가?"

뒤로 한껏 젖혀진 사장 전용 의자에 스티브는 다리를 꼰 채 앉아 있었다. 드디어 여기까지 왔다. 강경일이 불미스러운 사건으로 잘려 나가고 그 자리를 꿰찬 것이다.

"…다시 한번 확인해 보겠습니다."

"나가보고 개발A팀 팀장 들어오라고 하세요."

남자가 나가고 다시 다른 사람이 사무실로 들어왔다. Fixbugs는 해결했으나 Find bugs tool은 해결하지 못하고 있다.

이미 개발 실력에서부터 차이가 있다는 사실은 진즉에 알고 있었다.

단지 격차가 점점 더 좁혀지지는 못할망정 벌어지고 있다는 것이 충격적일 뿐이었다. 사무실로 들어온 사람은 마크였다. 스티브가 사장으로 승격되면서 마크도 함께 팀장으로 올라섰다.

"한국 세미나는 어땠어?"

"놀라울 뿐이었습니다. 어떤 기술이 들어갔는지 대략적인 구조는 공개가 되었는데… 어찌됐든 이대로라면 Fixbugs가 시장을 차지하는 건 시간문제입니다."

"이번에 또 한국에서 버그를 보내왔어. 우리는 발견하지 못했고… 마크, 이 정도 연봉 어디 가서도 받지 못한다는 거 잘 알 거라 생각해."

"……"

"개발B팀과 협력해서 어서 결과물을 가져와 봐. 이대로라면 우리 한국 사장님께서 미국 법인을 없애 버릴지도 모르니까."

"네……"

마크는 대답과 함께 사무실을 걸어 나왔다. 아직도 며칠 전 한국 Fixbugs "Hello World" 행사장에서 봤던 장면들이 뇌리에서 잊히질 않았다.

이미 한 번 탈락했지만 또다시 지원하고 싶은 욕구를 자극할 만큼 매력적인 내용들이었다.

자신도 버그를 찾아 일억을 받고자 했지만 결국 찾지 못했다. 그래서 더욱 잊히지 않았다.

*   *   *

분당 야탑역 대법원 전산정보센터.

아침 일찍 출근한 개발자들이 잠시간의 커피 타임을 가지고 있었다.

"너도 봤어?"

"당연히 봤지. 진짜 엄청나더만."

"하긴 관심을 안 가질 수가 없겠지."

"그거에 비하면 이건 완전 쓰레기야, 쓰레기."

"이딴 걸 쓰라고 하면서 코드를 라인별로 점검한다니… 진짜 내가 다시는 법원 쪽 일 안 한다."

담배를 물고 있던 남자가 불이 꺼진 꽁초를 쓰레기통으로 던졌다. 맞은편에서 서 있던 남자가 커피를 한 모금 들이켰다. 그러고는 때가 타 시커멓게 변해 버린 셔츠를 가리켰다.

"너는 그나마 낫지… 이거 봐봐, 나는 어제 집에 들어가지도 못했다."

"휴우… 너나 나나 이게 뭔 고생이냐."

"회사에서 Fixbugs로 바꿀 생각은 없대?"

"공공 들어갈 때는 Find bugs tool로 들어가야 한다나 뭐라나. 내가 몇 번이나 말했는데도 바뀌질 않는다. 윗대가리들은 도대체 무슨 생각인지 모르겠어."

남자의 푸념에 커피를 마시던 직원도 긴 한숨을 내쉬었다.

한숨을 내쉬는 그 모습에 피곤하고 지친 기색이 역력했다.

"일단 내가 Fixbugs 무료 이용권 받아왔으니까. 그걸로 한번 써보자고."

"세 번이라 그랬나?"

남자가 고개를 끄덕였다.

Fixbugs를 사용할 수 있는 세 번의 기회가 있다. 일정 용량 이하의 코드에 대해 버그 분석기를 돌려볼 수 있는 기회를 받아온 것이다.

"한번 해보고, 정말 버그가 잡히면… 더 강하게 어필해 봐야지."

"오케이."

그 둘만이 나누는 대화가 아니었다. 대법원 전산정보센터에서 담배를 피울 수 있는 한쪽 구석에 수많은 개발자들이 모여 같은 대화를 나누고 있었다.

담배를 피던 남자는 오늘도 시작이라 생각했다. 자신을 담당하는 7급 공무원은 매일 비슷한 말을 반복했다.

"내일 아침까지 수정 안 돼 있으면 사장님 오셔야 할 겁니다."

"……"

7급 공무원의 말에 그저 조용히 있었다.

"코드 커밋하기 전에 재검토받는 거 잊지 마시고요."

"……"

이미 같은 소리를 몇 번을 들었다. 지금 시간이 5시다. 공무원 퇴근 시간이 6시였다. 숫제 야근을 하고 내일 검토를 받아 코드를 커밋하라는 말이다.

이게 말인지 방구인지 처음에는 구분할 수 없었다.

그러나 이제는 안다. 이럴 때는 그저 조용히 듣고 있으면 된다.

"옛날에 내가 개발할 때는 이렇지 않았는데 말이야. 요즘에는 근성도 없고 열정도 없고, 참네. 이해가 안 가, 이해가. 뭐 할 말 없습니까?"

"요청하신 대로 수정해 놓겠습니다."

그나마 가장 좋은 답변이다. 그저 시킨 대로 하겠다.

"버그 하나라도 나면 알죠?"

협박 아닌 협박이다. 그렇지만 할 수 있는 게 없다. 상사에게 말해도 뻔한 대답만이 들려올 뿐이다.

그렇다고 나 혼자 대든다면 그저 일자리 하나를 잃을 뿐이다.

Fixbugs에 접속하니 가장 먼저 인상적인 문구가 눈에 들어왔다.

Hello World.

"흐음……."

얼마 전 참가했던 Hello World 행사가 다시금 생각났다. 인상적인 내용들로 가득 찬 행사였다. 남자는 클릭 몇 번을 통해 무료 이용 쿠폰을 등록했다.

"그럼 어디 돌려볼까."

지금까지 작성된 설계 문서를 업로드하고, 일차적으로 완료한 코드를 import했다.

"밑져야 본전이지 뭐."

이내 결과가 나왔고, 많은 부분에 빨간색 줄이 쳐져 있었다. 문제가 있다는 표시였다.

modify.

버튼을 클릭하자 코드가 수정되어 가기 시작했다.

내일은 제발 조용히 넘어가기를.

남자는 수정되어 가는 코드를 보며 빌고 또 빌었다.

아침 열 시쯤 나타난 담당자가 한껏 거드름을 피우며 걸어왔다.

"다 끝났어요?"

오자마자 코드를 확인하자며 옆에 있던 의자를 하나 가져와 커다란 얼굴을 들이밀었다.

"네, 한번 확인해 보시죠."

담당자는 아는지 모르는지 찬찬히 코드를 살폈다. 그 옆에 앉아 있던 개발자는 그런 담당자를 보고 있었다.

40대는 되어 보이는 나이, 그리고 7급 공무원이라는 직급, 뭐가 그리 대단하다고 사람을 이리 갈구는지 이해되지 않았다.

코드를 살피던 담당자가 갑자기 고개를 돌렸다.

"크, 크흠."

담당자를 보던 개발자도 놀라 헛기침을 토해냈다.

"여기 2168번 라인 이렇게 해도 되는 겁니까? 싱글 톤 패턴으로 처리해야 하는 거 아니에요? 이러면 같은 객체를 계속 생성해서 비효율이 발생하지 않습니까."

담당자는 마치 자신이 알고 있는 건수를 하나 잡았다는 듯 개발자를 쥐 잡듯이 잡았다.

어제까지라면 저 이야기를 그저 듣고만 있어야 했을지도 모른다. 하지만 오늘은 다르다.

"해당 객체는 다른 객체와 의존성이 있어 중간에 소멸이 필요합니다. 그런데 싱글 톤으로 만들면 static 변수로 선언하기 때문에 메모리에 계속 남아 있게 되어서 보신 바대로 처리한 겁니다."

개발자의 대꾸에 담당자가 당황한 듯 중얼거렸다.

"의, 의존성 있으면 안 되는 거 아닙니까? 객체 지향적으로 설계한 것 맞아요?"

"개발자 한 명이 작업하는 프로그램도 아니고, 객체 간에 완벽하게 의존성이 없을 수는 없습니다. 그리고 싱글 톤 패턴을 사용하면 이게 전역 변수처럼 작용을 해서 의존성은 더 높아지는 겁니다."

"……."

담당자가 아무 말도 없이 있자, 개발자가 당당하게 말했다.

"이제 코드를 보셨으니 프로그램을 돌려볼까요?"

먼저 테스트를 하자고 제안한 것이다. 대부분의 개발자들이 테스트에 대해서는 방어적인 자세를 취한다. 꼭 해야 하는 과정이지만 동시에 두려운 과정이기도 했다.

"어디 한번 봅니다."

하지만 오늘만은 달랐다. 단 한 건의 버그도 발견되지 않았고, 담당자는 조용히 물러날 수밖에 없었다.

*　　　*　　　*

"무료 이용 쿠폰 사용 속도가 엄청난데요?"

"그렇겠지. 공짜로 사용하게 해주는데 누가 마다하겠어. 주로 사용된 곳은?"

"예상대로 공공 기관에서 제일 많이 사용했습니다."

"좋아."

용호의 입가에 만족스러운 미소가 떠올랐다. 행사 신청 시 우선적으로 고려한 사항이 바로 공공 기관 근무였다.

공공 기관 개발자들이 가장 많이 사용한 건 당연한 결과였다. 나대방은 여전히 풀리지 않는 의문이라는 듯 손에 든 팸플릿을 만지작거렸다.

"소프트웨어 수요 예보 조사서를 보면 버그 분석 소프트웨어는 없는데 정진용은 도대체 어떻게 납품한 걸까요?"

소프트웨어 수요 예보 조사서.

'한국소프트웨어산업협회'에서 발표하는 것으로 매년 공공 기관의 정보화 사업 및 소프트웨어 구매 계획 등을 알 수 있다.

그곳에는 버그 분석 소프트웨어에 관한 내용이 한 건도 없었다. 하지만 Find bugs tool은 분명 납품이 되어 있었다.

상식적으로 이해가 가지 않는 상황이었다.

"일괄 발주받은 수주자가 필요하다고 해서 넣은 거겠지. 우리 회사가 한국에 들어오기까지 국산 버그 분석 소프트웨어는 없었으니 Find bugs tool이 들어간 걸 테고."

"그런데 이제 우리가 들어왔으니……."

"그래, 독점은 끝이지."

둘이 대화를 나누고 있는 사이 직원 한 명이 끼어들었다. 손에는 한 무더기의 서류 뭉치가 들려 있었다.

"준비 끝났습니다."

"그러면 보내도록 하죠."

용호의 말에 직원이 다시 돌아섰다. 자신이 하나하나 챙길 수도 없는 일이다. 영업 직원이 가져왔다면 맞게 처리했을 거라 여겼다.

그 모습을 본 나대방도 서류 양에 기가 질린 듯 보였다.

"그나저나 준비해야 하는 서류가 엄청 많네요."

"나랏일이라는 게 다 그렇지 뭐."

소프트웨어 사업자 신고에서부터 사업 수행 실적 신고, 소프트웨어 기술자 신고 등등 입찰을 위해 준비해야 하는 서류는 한두 가지가 아니었다.

대부분의 서류는 영업 직원이 준비했고 나대방이 확인했다. 그랬기에 굳이 자신까지 확인이 필요치 않았다.

"그런데 과연 받아줄까요?"

"안 받아주면 우리야 좋지."

"그게 그렇게 되나요?"

용호가 주머니에서 초콜릿을 하나 꺼내 입에 털어 넣었다.

"분리 발주된 소프트웨어는 물론이고, 일괄 발주된 사업에서 소프트웨어 하도급을 주기 위해서는 발주자에게 하도급 사전 승인을 받아야 하지."

"……."

"발주자가 하도급 사전 승인을 할 때는 근거가 필요하고 말이야."

"그게 바로 벤치마킹 자료인 거죠?"

"그래, 지금까지는 독점이라 필요가 없었지만… 이젠 아니지."

달달한 초콜릿이 입에서 녹아내려 식도를 통해 내려갔다.

달달했다.

지금 이 순간도, 앞으로 벌어질 일도 결코 쓴맛은 아닐 것이라 생각되어서인지 더욱 달달하게 느껴졌다.

*   *   *

SW 진흥법 개정안이 많은 비판을 받고 있지만 그중에서 괜찮은 조항들도 몇 가지 있다.

BMT(Bench Marking Test의 약자)로 소프트웨어의 성능을 비교하여 우수한 업체의 것을 선정하도록 한 것이다.

물론 아직까지 민간 기업에 적용되는 것은 아니고, 공공 기관에 제한하여 적용되기는 했다. 성능만 놓고 보자면 Fixbugs의 성능이 압도적이다.

압도적인 결과가 나와 있는 벤치 마크 테스트 자료들이 도착한 곳은 미래정보기술이었다.

대기업 참여 제한에 따라 중견 기업들이 대부분의 사업을 수주하고 있는 상황이다. 그중 한 곳인 미래정보기술에 용호의 서류가 도착했다.

"…어떻게 생각하십니까?"

"당연한 걸 가지고 물어보지 말게."

"여기 자료를 보면 Fixbugs 제품을 살 수밖에 없는데……."

"벤치마킹 항목이야 만들면 될 거 아냐! 그런 것까지 일일이 말해줘야 하나?"

그렇게 해서 만들어진 항목이 공공 기관 친화도, Fixbugs는 10점을 받았다.

이유는 그간 공공 부문 사업 실적 전무였다.

문서를 발송해야 하는 담당자가 보기에도 이건 말이 되질 않았다.

"이렇게까지 해야 하나……."

힘없는 직원에 불과했다. 그저 위에서 까라면 까는 것이 회사원의 숙명이라 자조했다.

"도대체 위에서는 얼마나 받아 처먹고 이런 짓을 하는지. 나 참."

마침 퀵 서비스가 도착했다. 푸념은 잠시였고 일은 신속하고 정확했다. 용호의 서류는 고스란히 반송되었다.

답을 받아본 나대방은 그저 헛웃음을 터뜨릴 수밖에 없었다.

"이유가 희한하네요."

"공공 기관 친화도라… 이건 받아주지 않겠다는 말이네."

"하긴 이럴 줄 알고 내본 거긴 하지만 정말 이럴 줄은 몰랐어요."

답변서를 받아본 용호는 이미 예상했던 결과였지만 화가 치밀어 올랐다. 감정이 격해지자, 목소리는 자연히 격앙되었다.

"모르지, 몰라… 이보다 더한 일들이 IT 업계에서 벌어지고 있는데 아무도 몰라. 어차피 내 일은 아니고 나는 잘 살고 있으니까."

"…형님."

용호의 주변에서 기세 같은 것이 피어오르고 있었다. 자동차 버그를 찾겠다며 매장마다 돌아다니던 그때의 모습과 오버랩되었다.

"휴우… 일단 다른 데 보낸 것들이 어떻게 되는지 확인한 다음에……."

나대방은 용호가 또다시 무언가 일을 꾸미고 있다는 생각을 지울 수가 없었다.

반려.

미래정보기술만 있는 것이 아니다. 용호는 공공 부분을 수주한 중견 기업들에 납품 의뢰를 보냈다.

그 결과가 하나같이 똑같았다.

반려.

"형님… 괜찮으세요?"

"벤치마킹 테스트 결과서 내용이 어쩜 이렇게 똑같냐."

돌아온 답변서의 내용은 미래정보기술의 그것과 크게 다르지 않았다. 예상하지 못한 것은 아니지만 막상 현실로 나타나자 지금까지 묵혀두었던 분노가 치밀어 올랐다.

"뭐, 이미 예상했던 바니까요."

"자료는 다 모아놨지?"

"네, 지금까지 온 건 다 모아놨습니다. 아직 두 군데인가 도착하지 않아서 그건 뺐고요."

"알았다. 나한테 맡기고 먼저 퇴근해. 집에서 아이도 기다리는데."

이미 퇴근 시간은 지나 있었다. 용호가 뭘 하려는지 궁금했지만 자신에게도 말해주지 않았다. 나대방은 발길을 돌릴 수밖에 없었다.

나대방이 돌아가고 얼마 지나지 않아 누군가가 사무실 문을 두드렸다.

"올 사람이 없는데……."

용호가 밖으로 나가 보니 처음 보는 남자 한 명이 서성이고 있었다. 등에 맨 백팩이 인상적이었다.

"누구십니까?"

"여기, 혹시 이용호 사장님 계신가요? 저는 에이스 소프트 문수훈이라고 합니다. Fixbugs에서 보내주신 입찰 서류 관련해서 문의드리고 싶은 게 있어서 왔습니다."

"아… 들어오세요."

분명 기억에 있는 회사 이름이었다. 공공 부문에 갓 진출한 회사로 업력도 몇 년 되지 않았었다. 그 회사에 입찰 제안서를 제출했던 기억이 뒤늦게 난 것이다.

안으로 들어서던 문수훈이 텅 비어버린 사무실을 바라보며 선뜻 들어오지를 못했다.

"그런데… 아무도 없는 것 같은데……."

지금 시간이 6시다. 6시밖에 되지 않았지만 사무실이 텅 비어 있었다.

"다들 퇴근했습니다. 그리고 제 소개가 늦었네요. 제가 사장 이용호입니다."

사무실을 둘러보던 문수훈이 고개를 돌려 용호를 바라보았다.

"아, 역시. 맞군요. TV에서 한번 본 적이 있어서 긴가민가했습니다."

"그럼 차라도 한잔하면서 이야기를 나누어볼까요."

탁자를 마주하고 두 남자가 서로를 마주 보고 앉아 있었다. 처음 보는 사이, 약간의 어색한 기류가 주변을 맴돌았다.

"보내주신 서류는 잘 봤습니다. 저희 개발자들 중 한 명도 주최하신 행사에 다녀왔는데 정말 괜찮은 솔루션인 건 확실한 것 같다고 하더군요."

"하하, 감사합니다."

"그래서 계약을 하고 싶기는 한데… 저희 수주 금액이 너무 적어서요. 그리고 정부에서 지정한 버그 분석 솔루션이 따로 있어서 해당 솔루션을 사용하라고 말이 나오는 상황이라……."

"벤치마킹 테스트 데이터를 보여줘도 말입니까?"

"네. 그래서 상의를 좀 드려야 할 것 같아서 이렇게 찾아왔습니다."

문수훈은 자신이 미안하다며 어찌할 바를 몰라 했다. 탁자에 놓인 차를 한 모금 마시고는 말을 이었다.

"이미 타사 솔루션이 공공에서 거의 독점 공급되고 있는 형태입니다. 잘 아시다시피 K3 같은 백신 소프트웨어나 한글소프트에서 나온 문서 작성 솔루션들이 국산 기업 장려 차원에서 독점으로 공급되고 있는 것처럼요. 그 독점을 깨는 것도 쉬운 일은 아니고요."

용호는 조용히 듣고 있었다. 자신이 잘 모르고 있던 부분들에 대해 문수훈이 차근차근 설명을 이어나갔다.

"어려운 상황이네요."

"저희도 이 솔루션을 사용하고 싶습니다. 벤치마킹 자료나 행사에 참석한 개발자의 말, 그리고 찾아보니 실리콘밸리에서도 기술력을 인정받은 분들이라 함께 일하고 싶은 마음이 간절합니다."

처음 만난 사람이라 완전히 믿을 수는 없지만 거짓은 느껴지지 않았다. 아직 더 알아봐야겠지만 사업 파트너로 괜찮을 듯싶었다. 자신은 어차피 공공 SI에 참여하여 사람을 투입하는 것이 목적이 아니었다.

"그러면 이렇게 하는 건 어떨까요. 정말 말 그대로 법대로, 절차대로 진행해 주세요. 그 과정에서 파열음이 나는 건 제가 막아보겠습니다."

"그게… 말처럼 쉬운 일이 아닌데……."

"공공에 대해서는 저보다 잘 아시니 공정한 절차가 어떤 건지 잘 아실 거라 생각합니다. 그대로만 진행해 주세요. 일이 진행되는 과정 중에 막히는 부분이 있다면… 말씀만 해주시면 됩니다."

"뭐, 절차대로 진행만 된다면야 저희도 Fixbugs 솔루션이 채택될 거라 확신합니다."

자신만 믿어달라는 용호의 말을 문수훈도 어느 정도는 믿는 눈치였다. 어차피 안 되도 자신은 손해 볼 것도 없다. 용호는 마지막으로 자신이 정말 궁금해하던 것을 물었다.

"그런데 수주 규모도 그리 크지 않은데 왜 저희 솔루션을……."

"들어보니 버그를 거의 완벽하게 잡아내신다고 하더군요. 그러면 투입 인력을 줄일 수 있고, 그게 곧 이익으로 나타나니까요."

말을 마친 문수훈이 자리에서 일어났다.

"그럼 잘 부탁드립니다."

첫 물꼬를 트는 게 중요했다. 이제 그 물꼬를 텄으니 구멍을 크게 만드는 일이 남았다.

*   *   *

대법원 전산정보센터.

이번에는 그곳에 용호가 나선기 의원을 대동하고 나타났다.

"이거 너무 부려먹는 거 아닌가?"

나선기 의원이 엄살을 부렸다. 하지만 용호는 아랑곳하지 않았다.

"미래창조과학방송통신위 소속이시면 하나의 소프트웨어가 공공 기관에서 사용되기까지의 과정을 면밀히 따져보는 것도 좋다고 생각합니다. 서류가 아닌 의원님의 두 눈으로 말이죠. 그 과정에서 불합리한 점을 개선하는 게 결국 우리나라 소프트웨어 산업을 발전시키는 게 아닐까요?"

용호가 나선기 의원에게 제법 조리 있게 설명을 했다.

말을 듣고 있는 나선기 의원은 용호의 눈을 지그시 쳐다봤다.

"우리나라 소프트웨어 산업은 그리 크지 않습니다. 결국 초창기 개발을 위해서는 정부의 도움이 필요하지요. 그런 정부가 공정하게 성능이 좋은 소프트웨어 제품을 구매해야 결국 IT 강국이 되는 거라 생각합니다. 인터넷 속도만 빠르다고 IT 강국은 아니죠."

계속되는 용호의 말은 어느 것 하나 이치에 어긋남이 없었다. 어차피 서로가 서로를 돕는 관계다. 무언가 꿍꿍이가 있어 보이는 용호였지만, 나선기는 크게 고민하지 않고 고개를 끄덕였다. 용호의 말에 동의한다는 뜻이었다.

대화를 나누는 사이 나선기 의원을 태운 관용차가 목적지에 도착했다. 이미 그곳에 대기하고 있던 사람이 한 명 있었다.

에이스 소프트 사장 문수훈이었다.

"아, 안녕하십니까. 의원님."

국회의원은 처음 보는 듯 긴장한 기색이 역력했다. 긴장을 풀어주기 위함인지 나선기 의원이 먼저 손을 내밀었다.

"하하, 반갑습니다."

차에서 내린 용호가 앞장서서 말했다.

"그럼 올라가시죠."

문수훈은 그저 눈이 휘둥그레져 뒤따라갈 뿐이었다.

실무자는 상대하지도 않았다. 일행은 다이렉트로 센터장이 있는 곳으로 올라갔다.

국회의원이 온다는 말을 들어서인지 센터장도 실무자를 불러 자세한 사항을 알아본 모양이었다. 말을 하는 데 있어 막힘이 없었다.

에이스 소프트에서 입찰한 법원교육시스템 개발 및 운영 용역에 대한 발주에서 수주 과정, 그리고 Fixbugs가 떨어지게 된 경위를 소상하게 읊었다.

그러나 실무자가 말한 것을 그대로 읊는 것에 불과했다.

"공공 기관 친화도는 뭡니까?"

"그건 이번 SW 진흥법에 있는 BMT 의무화에 따라 시행하게 되는 테스트 항목 중 하나로……."

센터장이 같은 말을 반복하려 하자 나선기 의원이 말을 끊고 나왔다.

"그러니까, 소프트웨어 성능을 측정하는 데 공공 기관 친화도 항목을 왜 넣어야 한다는 겁니까?"

"그건 해당 소프트웨어를 사용하는 공무원들이 솔루션을 편하게 사용할 수 있도록 넣은 항목으로……."

"소프트웨어가 공무원이 사용하기에 편하도록 만들어져야 한다는 겁니까? 그리고 공무원이 사용하기에 편하다 불편하다의 근거는 뭡니까?"

나선기 의원이 말을 이어나갈수록 센터장은 말문이 막히는 듯했다. 점차 말에서 힘이 없어지고 앞에 놓은 물 컵에 손이 가는 경우가 많아 졌다.

"그, 그건 지금까지 납품 실적에 따라……."

"이보세요. 센터장님! 그걸 지금 말이라고 하십니까! 그러면 납품 실적이 없는 기업은 참여도 못 한다는 말입니까!"

나선기의 호통에 센터장은 입을 꾹 다물었다. 자신이 답해될 일이 아니라 생각했던지 발주 담당자를 호출했다. 얼마 지나지 않아 한 사람들이 들어왔다. 개발자들에게 호통을 치던 7급 공무원 '그'였다.

또다시 주저리주저리 변명이 시작되었다.

"현재 발주한 건은 사업 규모가 20억이 넘어 해당 소프트웨어에 대해서는 분리하여 발주를 진행했습니다."

7급 공무원에 말에 용호가 바로 반박하고 나섰다.

"소프트웨어 수요 예보 조사서에는 없던데요?"

"작년에 조사할 때는 없었지만 이번에 새로 추가된 겁니다. 그래서 항상 나라장터를 주시해야 하는 거 아니겠습니까."

마치 자신은 잘못한 것이 하나도 없다는 듯 당당했다.

"그럼 이어서 말씀드리겠습니다. 해당 소프트웨어에 대한 BMT는 제3의 업체가 실시해야 합니다. 그리고 그 업체는 미래창조과학부에서 지정한 업체에서 실시하고요. 그렇기 때문에 지금 문제가 되고 있는 공공 기관 친화도에 대한 항목 역시 저희에게 말해봤자 아무 소용이 없습니다."

요점은 하나였다.

자신들의 책임은 하나도 없으니 이렇게 떠들어봤자 소용없다.

책임 떠넘기기.

전형적인 공무원들의 행태였다.

※   ※   ※

7급 공무원 담당자의 말을 끝까지 듣고 난 용호가 이를 갈며 말했다.

"그래서 지금 원리 원칙대로 진행했으니 여기서 떠들어봤자, 소용없다 이겁니까?"

"제3의 업체에서 보내온 사항은 저희 소관 사항이 아닙니다."

간결한 대답이었다. 나선기의 추궁에 진땀을 빼던 센터장도 어느새 평정을 되찾아갔다. 용호가 주변을 둘러보니 하나같이 체념한 표정이었다.

그 모습들을 보니 왠지 더 화가 났다.

"그럼 하시는 일이 그저 엑셀이나 두드려서 뽑혀져 나온 점수 책정하는 게 다네요? 그런 일 하라고 제가 국가에 세금을 내고 그걸 받아먹고 계신 거고요."

거친 용호의 언행에 당황한 기색이 역력했다. 하지만 그간 이런 시련을 한두 번 겪은 게 아니었다. 공무원은 노련하게 대처했다.

전혀 흥분한 어조가 아니었다.

"제가 하는 일이 그것만 있는 게 아닙니다. 현재 이곳에 들어와 있는 외주사도 관리해야 하고요. 그리고 이상하다고 생각하시는 항목을 넣은 건 제가 아닌데 여기에서 화풀이하셔도 소용없다니까요."

남자가 말을 할수록 용호는 머리끝까지 화가 치솟음을 느껴야 했다. 이대로 폭발했다가는 무슨 일이 생길지 몰랐다. 용호는 애써 침착을 유지하기 위해 물었다.

"담당자분 성함이 어떻게 되시죠?"

"한기돈이라고 합니다만."

"한기돈 씨. BMT 결과서를 보고 이상함은 느끼지 못했습니까?"

"아니 뭐… 저희야 그냥 그러려니 하는 거죠. 제가 소프트웨어 품질 결과까지 어떻게 압니까."

"공공 기관 친화도라는 항목이 이상해도 그저 그러려니 했다는 말이네요. 이상해도 내 책임이 아니니까. 그냥 눈감고 지나쳤다. 어차피 내 일이 아니니까. 도착한 결과서대로 일 처리나 해주면 그만이니까."

"……"

"그 결과서 하나에 목매는 사람이 수십 수백 명이 되도 어차피 나랑은 상관없는 일이니까. 그런 거라고 말씀하고 싶으신 겁니까?"

울분에 찬 듯한 용호의 말에 담당자는 아무런 변명도 하지 못했다. 그저 조용히 듣고만 있었다. 나선기 의원만 없었다면 듣지도 않았을 것이다.

애초에 이런 자리 자체가 마련되지 못했을 것이다. 용호도, 담당 공무원도 그러한 사실을 잘 알고 있었다. 그랬기에 용호는 더 화가 나갔다.

힘이 없어, 뒷배가 없어 부당함에 고개 숙여야 될 수많은 아픔들이 절절히 느껴졌다.

아마 모두들 비슷하게 생각할 것이다. 조용히 있으면 지금의 비바람은 금세 지나간다. 시간이 지나면 잊힌다.

잠시 눈을 돌리면 그만이다.

그렇게 잊혀진 '소수'는 비바람에 떠내려가 어느새 사람들의 시선에 보이지 않는다.

"……"

아무 말 하지 않은 채 가만히 서 있는 공무원을 향해 용호가 마지막 말을 던졌다.

"정말 공무원답네요. 제가 생각하고 느꼈던 공무원의 모습 그대로입니다. 어디서부터 잘못 내려왔는지 그 끝에 뭐가 있는지 꼭 보고 오겠습니다. 그리고 다시 찾아오죠. 정말 말씀 그대로 절차대로 진행하셨어야 할 겁니다. 그렇지 않다면……"

뒷말을 삼킨 용호가 자리를 박차고 일어나 문을 열고 나가 버렸다. 그 자리에 있던 그 누구도 입을 떼지 못했다.

*　　　　*　　　　*

절차대로 처리된 일이다. 더 이상 이곳에서 할 수 있는 일이 없었다. 문수훈은 괜히 일을 크게 만들었나 하는 생각이 드는 듯 보였다.

앞으로 계속 공공사업을 하기 위해서는 적을 만들면 안 된다. 좁은 바닥이다. 다리 하나 건너면 다 연결되어 있다. 소문은 금방 퍼질 것이고 결코 자신에게 유리할 리가 없었다.

그래서인지 목소리에는 염려가 가득했다.

"이제 어떻게 하실 생각이십니까?"

"저 위에 뭐가 있는지 가봐야죠."

"…그렇다는 말은……."

"네. 미창부에서 지정한 업체가 어디인지 그 업체는 왜 그런 짓을 했는지 알아볼 생각입니다."

문수훈은 울상이었다. 앞으로의 사업 진행에 어떤 어려움이 생길지 불 보듯 뻔한 일이었다.

"무, 물론 의원님이 계시기는 하지만 저희는 그저 개발자에 불과한데……."

"걱정하지 마십시오. 저희는 '그저 개발자'가 아닙니다. '무려 개발자'나 되는 사람들입니다."

말을 마친 용호가 차를 타고 먼저 떠나갔다. 그 뒤에 남겨져 있던 문수훈은 여전히 걱정 섞인 표정을 풀지 못했다.

"어떻게 할 생각인가?"

나선기 의원도 마찬가지였다. 용호가 무슨 생각을 하고 있는지 알 수 없었다.

'그저 개발자에 불과하다'라는 문수훈의 말에 어느 정도 공감하고 있었다.

용호는 창밖에 시선을 두고 있었다. 높이 솟은 건물들, 그 속에서 바삐 움직이는 사람들이 시야 잡혔다.

실력이 떨어져서, 품질이 좋지 않아서 벽에 부딪친 거라면 인정할 수 있었다. 하지만 그렇지가 않았다.

품질이 좋아도, 능력이 있어도 기회조차 오지 않았다.

자신은 이제 남들이 보기에도 성공한 삶이었다.

하늘이 주신 능력 덕분이다. 그래서 항상 생각하게 된다.

'만약 내가 이런 사기적인 능력이 없었다면? 보통의 평범한 사람이었다면 어떻게 되었을까' 고민하게 된다.

지금 문수훈의 모습과 크게 다르지 않았을 것이다. 아마 저렇게 사장이 되지도 못했을 것이다.

문수훈 밑에서 일하는 '그저 개발자'에 불과했을 것이다.

"어떻게 할까요. 그냥 다 무너뜨려 버릴까요?"

뭔가 위험한 냄새가 흘렀다. 다년간의 경험이 경고음을 울려 댔다. 나선기는 정색한 채 말했다.

"…자네 지금 무슨 말을 하는 건가."

용호가 금세 다시 웃으며 대꾸했다.

"하하, 농담입니다. 농담."

나선기는 확실히 해둘 필요가 있다고 생각했다.

"그런 농담은 하는 게 아닐세."

"그러면 이런 일이 벌어지지 않도록 관리 감독이 잘되어야 하는 거 아닐까요? 요즘 우리나라를 부르는 또 다른 말이 뭔지 의원님도 잘 아시잖아요. 헬조선, 지옥 불반도, 노답."

"……."

용호는 십 대 청춘들의 사춘기 같은 분위기를 풍겨댔다. 거친 반항아를 보는 듯했다.

"무엇이든 언제든 프리패스인 의원님께서는 이런 일, 겪지 못해 보셨을 텐데… 직접 보시니 어떻습니까?"

"그래서 내가 대통령이 되고자 하는 걸세. 바로 이런 일이 없도록 말이네."

어른이 아이를 타이르듯 말했다. 용호는 창밖에서 고개도 돌리지 않은 채 말을 이어 나갔다.

"이런 일이요? 지금 보신 건 아주 '단편적인 일'입니다. 정치가 복잡하고 어렵듯이 세상에 벌어지고 있는 이런 '부당함'도 복잡하고 어렵습니다."

말을 하던 용호가 손가락으로 창밖을 가리켰다.

"대통령이 되신다고 하셨나요? 저기 길거리에 주저앉아 야채를 팔고 계시는 할머니의 마음도, 백팩을 메고 공부하러 가는 학생의 마음도, 급하게 사무실로 들어가는 직장인의 마음도 어느 것 하나 알지 못할 겁니다. 이렇게 운전기사 딸린 관용차나 타고 다니면 영원히 알 수 없습니다."

자동차 안에 무거운 기운이 내려앉았다. 나선기도 입을 꾹 다문 채 더 이상 아무 말도 하지 않았다.

그런 분위기 속에서도 용호는 말을 멈추지 않았다. 오늘 하고 싶은 말은 다 해버리자고 작정한 듯 보였다.

"그래서 사람들이 말하는 겁니다. 탁상행정이라고."

하고 싶은 말을 다 했는지 용호도 더 이상 말을 꺼내지 않았다. 나선기 의원도 팔짱을 낀 채 두 눈을 감고 침묵했다.

"……."

뭐에 썬 듯 신랄하게 말을 뱉었던 용호는 불편한 정적에 아차 싶었다. 나선기 의원은 분명히 선의로 용호 자신을 돕고 있다. 그것이 비즈니스이든, 온당한 은혜 갚기든 말이다.

평소 국회의원에 대한 부정적인 감정들이 공무원의 행태에 폭발해 쏟아져 나온 것이다. 도를 지나친 듯싶었다.

"…제가 너무 흥분한 것 같습니다. 죄송합니다, 의원님."

"아니네, 맞는 말을 한 것이 왜 죄가 되겠는가? 지금의 분노와 열정을 잘 유지하게. 그게 나에게도, 자네에게도 도움이 될걸세. 하나같이 틀린 말이 없지… 탁상행정이라……."

나선기 의원도 생각에 잠긴 듯했다. 목적지에 도착할 때까지 창밖에서 시선을 떼지 않았다.

*　　　　*　　　　*

사무실로 돌아간 용호를 반긴 건 나대방이었다.

"형님, 한 건 하셨다면서요?"

"한 건 하긴 무슨 한 건을 해."

나대방이 팔꿈치로 슬쩍 용호의 옆구리를 찔렀다.

"이미 다 들었습니다. 시치미는, 저도 이때까지 아버지께 그렇게 말해본 적은 없는데. 형님은 참."

말을 하던 나대방이 엄지를 치켜세웠다.

"짱! 짱!"

퍼억.

자신도 모르게 흥분해서 말했던 기억이 민망한지 용호가 나대방의 등을 세차게 후려쳤다.

"헛소리 그만하고 회의실로 들어와."

"가시죠! 회의해야죠!"

간략한 상황 설명이 용호의 입에서 흘러나왔다. 설명을 다 듣고 난 카스퍼스키가 자리에서 일어났다.

"별일도 아니네. 나는 나가본다."

"…저, 저."

자리에서 일어나는 카스퍼스키를 따라 제임스도 일어났다.

"시키는 대로 한다. 용호 믿는다."

믿는다고 하는데 뭐라 할 말이 없었다. 금세 두 명이 빠져나갔다.

"……."

회의실에 일순간 적막감이 찾아왔다. 어찌 되었든 사장은 용호였다. 용호가 가만히 있는데 손석호가 나서기도 애매했다.

자신도 꽤나 개방적인 사람이라 생각했다.

하지만 Fixbugs의 분위기는 그 이상이었다. 자신이 가지고 있는 상식과 기존의 관념들이 여지없이 깨져 나갔다. 아직까지 이런 자유로운 분위기가 적응되지는 않았다. 그렇다고 그리 나쁘게만 느껴지지도 않았다.

"그러면 남은 사람들끼리 아이디어를 내볼까요?"

회의는 최대한 짧게 하는 것이 미덕이다. 하지만 용호는 쉽게 회의를 끝내려 하지 않았다.

아직 문제를 해결할 만한 방안은 나오지 않았다는 것이 주된 이유였다.

네 시간 정도 지나자 손석호도 지쳤는지 항복은 선언했다.

"포기, 포기. 나도 더 이상은 힘들어서 안 되겠다. 나도 빼줘. 시키는 대로 할 테니까."

프로젝트가 끝나고 제프는 이미 미국으로 돌아간 상황이다. 제임스와 카스퍼스키는 진작에 회의실이라는 미궁을 벗어난 상태, 손석호마저 나가면 나대방만이 남게 된다.

자리에서 일어나던 손석호가 대신 다른 사람을 추천했다.

"대신 서보미 씨 들여보낼 테니까. 나는 좀 봐줘."

"흠… 그렇게 하시죠."

용호도 크게 반대하지는 않았다. Fixbugs 개발에서부터 Hello World 행사까지 서보미가 꽤나 믿을 만한 사람이라는 신뢰가 형성되어 있었기에 가능한 일이었다.

서보미는 그간의 이야기를 듣자마자 의견을 개진했다.

"제가 한번 말씀드렸던 것 같은데, k—coder라고……."

"네."

"예전에 k—coder가 버그를 발견하면 Fixbugs가 찾고 또 버그를 발견하면 Fixbugs가 해결하고 하는 사건이 있었잖아요?"

용호도 익히 알고 있는 일이었다. 용호는 일관된 표정을 유지하기 위해 애썼다.

"좋은 의견이긴 한데 k—coder라는 사람이 과연 도와줄까요? 연락할 방법도 없고, 계속 저희 회사와 엮이면 의심 같은 걸 받지 않을까 하는 염려도 되고요."

용호의 부정적인 의견에 서보미가 잠시 생각을 하더니 또 다른 의견을 개진했다.

"그러면 이건 어떨까요?"

잠시 뜸을 들이던 서보미가 말을 이었다.

"불법 소프트웨어."

서보미의 말에 용호가 나대방을 바라보았다.

"크흠… 좋, 좋군요."

좋다는 말에 오히려 서보미가 당황한 듯 보였다. 어떤 아이디어인지 아직 설명도 하지 않았다.

그저 단어 하나를 던졌을 뿐인데 이미 알고 있다는 반응을 보여왔다.

"네?"

"행사를 통해 성능과 지명도도 높였겠다, 더욱이 무료 쿠폰을 뿌려서 개발자들에게 사용법도 알려줬겠다, 정말 저희 프로그램이 좋다면 구매한 것보다 불법으로 사용하는 사람이 많아졌을 것이다. 그걸 찾아내자는 말 아닌가요?"

나대방의 설명에 서보미는 위아래로 고개를 끄덕였다. 고개를 끄덕이는 서보미를 향해 용호가 말했다.

"좋습니다. 서보미 씨 의견대로 하죠."

마치 준비되어 있었다는 듯 일은 빠르게 진행되었다. 의견을 낸 서보미는 그저 얼떨떨할 뿐이었다.

*   *   *

서보미가 회의실을 나가고 나대방이 입을 열었다.

"확실히 서보미 씨가 괜찮네요."

"앞으로 회사가 더 커지면 너와 나 둘만으로는 부족하니까. 개발 외적으로도 센스가 있는 사람들이 더 많이 필요해질 거야."

"제임스나 카스퍼스키는 애초에 회사 경영 같은 것에는 관심이 없었고, 손 수석님도 개발에만 집중하고 싶다고 이미 밝히셨으니까요."

"이걸로 더 확실해진 거지. 준비하라고 말해둔 건 어떻게 됐어?"

나대방이 의자 밑에 준비해 두고 있던 서류를 용호에게 넘졌다.

"여기 있습니다. 접속 IP, MAC 주소, 사용된 위치 등등 형님이 말해준 정보들 모두 적어냈습니다."

넘겨받은 서류를 용호가 차근히 살펴보았다. 회의실에는 서류를 넘기는 소리밖에 들리지 않았다.

상당한 양이었다. 행사에서 뿌려준 무료 이용권이 즉효였다. 한 번 편리함을 경험한 개발자들이 해당 툴을 사용하기 위해 갖가지 방법을 동원해 불법적인 루트로 Fixbugs를 사용했다.

카스퍼스키가 있음에도 패키지 버전의 크랙판이 나돌았다. 최후의 보류가 크랙판 사용자들에 대한 정보 수집이었다.

패키지 버전 Fixbugs를 설치하면 최초 사용자 정보를 확인하기 위해 중앙 서버로 접속하게 되어 있다. 이때 확인하는 것들이 바로 IP와 네트워크 카드의 고유 번호인 MAC Address같은 정보들이었다. 완벽하게 막지 못할 걸 알았기에 최소한의 안전장치를 해둔 것이다.

얼마간의 시간이 지났을까. 서류를 살펴보던 용호에게 나대방이 물었다.

"그런데… 이걸로 불법 소프트웨어 사용자를 잡아봤자, 개발자들만 죽어나지 않을까요? 비용을 지불하지 않고 소프트웨어를 사용해도 이미 회사와는 관계가 없다고 각서까지 쓴다면서요."

"그렇지."

"그러면 아무 소용없는 거잖아요."

"일단 죄다 신고하고, 우리가 사용자들에게 돈을 받지 않는 다면?"

나대방은 이해가 가지 않는 다는 듯 되물었다.

"돈을 받지 않는다고요?"

"중요한 건 왜 정부에서 개발자들이 많이 사용하는 툴이 아닌 다른 솔루션을 사용하고 있냐는 거지. 그걸 부각시키는 데… 중점을 둘 거야."

"…그렇게 쉽게 될까요?"

용호가 보고 있던 서류를 접어 책상 위에 올려두었다. 그러고는 의자를 뒤로 젖히며 주머니에서 초콜릿 하나를 꺼내 혀위에 얹었다.

"쉽지 않지, 이를테면 '사상 최대 불법 소프트웨어 사용자 고발' 이 정도면 되지 않을까?"

"……"

"이벤트를 좀 더 해야겠어. 패키지도 trial-version으로 배포하는 이벤트 정도면 괜찮을 것 같은데… 어때?"

"'사상 최대 불법 소프트웨어 사용자 고발'을 위해서 말이죠?"

"그래, 그걸 위해서."

말을 마친 용호가 입맛을 다셨다. 어느새 초콜릿은 달콤한 향기만 남긴 채 사라져 버렸다.

용호의 머릿속에서 서보미가 말했던 의견이 맴돌았다. 앞으로의 일이 어떻게 진행될지 모르기에 안전장치가 필요했다.

"서보미 씨의 의견도 반영하는 게 좋겠어. 내가 가장 잘하는 일이기도 하니까."

이리저리 몸을 돌리던 용호가 스트레칭을 마치고 컴퓨터 앞에 앉았다.

"어디 얼마나 허술하게 만들어져 있는지 살펴볼까."

욱신.

허리에서 약간의 통증이 올라왔지만, 얼마 지나지 않아 통증은 느껴지지 않았다. 한번 집중을 시작하면 아무것도 들리지 않는다.

보이지도 않았다.

그 세계에 완벽하게 몰입했다.

우리가 사용하는 웹 사이트의 기능을 단순하게 정의하자면 네 가지로 나눌 수 있다.

C Create.

R Read.

U Update.

D Delete.

결국에는 데이터를 생성하고 읽고 수정하고 지우는 게 전부다. 게시된 내용을 읽을 때는 R이 중요하고, 회원 가입을 할 때는 C가 중요하다.

그래서 흔히 CRUD라고 한다.

Create를 할 때 실질적으로 웹 사이트 내부에서 하는 작용이 하나 있다.

insert into table_name…….

이러한 sql 문이 날아가는 것이다.

용호는 여기에 색다른 데이터를 넣고자 했다. 정상적인 데이터가 아닌, 비정상적인 데이터를 insert 시켰다.

반려.

그 후 해당 사이트는 더 이상의 가입자를 받을 수 없었다. 사이트를 이용하려고 하는 사용자에게 500 error, 곧 내부 서버 오류를 보여주었다.

"오케이… 하나 됐고."

사이트 하나를 공략했다. 해당 공공 기관 사이트 주소를 입력하자 나타나는 화면부터가 달라졌다.

PHP Parse error: syntax error, unexpected '{' in index. php on line 20

"디비에 값을 읽어와서 화면에 뿌려주나 본데… 예외 처리를 제대로 안 해놨네."

사이트에 발생한 오류를 확인한 용호가 다른 사이트로 이동했다. 오늘 하루 갈 길이 멀었다.

무작위.

용호는 무작위로 사이트를 선택했다. 엑셀에 받아놓은 공공 기관 사이트 주소에 접속하여 해당 사이트를 무력화시켰다.

해킹 같은 불법적인 일이 아니었다.

그저 회원 가입 시에 특수 문자를 몇 개 넣거나, 사이트 URL 뒤에 몇몇 쿼리문을 넣거나 하는 방법이었다.

또는 두 개의 버튼을 동시에 클릭하기도 했다.

그리 어려운 일도 아니었다. 그저 앉아만 있어도 다 보였다.

"고생 좀 해야 할 거다."

책상 위에 놓인 엑셀 파일에 빨간색 선이 그어져 있었다. 대충 살펴봐도 열 개는 넘어가는 듯 보였다.

"오늘은 이 정도만 할까."

이십 개를 채우고 나서야 용호는 자리에서 일어났다.

다음 날.

회사 전화기가 불이 난 듯 울려댔다. 하지만 이미 용호로부터 언질을 받아서인지 아무도 전화를 받지 않았다.

시끄러웠는지 손석호가 직원들을 향해 말했다.

"차라리 선을 그냥 빼놔."

손석호의 말에 몇몇 직원들이 재빨리 자리에서 일어나 전화기 코드를 뽑기 시작했다. 그들도 전화기 소리에 귀가 아팠는지 행동은 신속 정확했다.

사무실로 들어서던 용호가 손석호를 보며 인사했다.

"전화가 많이 오나 보네요."

"도대체 무슨 짓을 하고 다녔기에… 전화 올 줄은 또 어떻게 알고?"

"무슨 짓을 하고 다니긴요. 좋은 일을 하고 다녔죠. 하여간 전화 받지 마세요. 아주 애 좀 타보라지. 그리고 뭐 하세요. 휴가 가시라니까. 다들 이번 주는 푹 쉬어요. 쉬라고 하는데도 출근하는 사람들은 처음 보네."

용호는 1층에서 사 가져온 초콜릿과 커피를 들고 전용 사무실로 들어섰다.

사장님 전용 사무실이다. 아무도 저 사무실에서 무슨 일이 벌어지고 있는지 아는 사람은 없었다.

바깥에 있던 사람들은 그저 어안이 벙벙한 듯 용호를 바라볼 뿐이었다.

마비.
마비.
마비.

몇몇 공공 기관 사이트들이 마비돼 접속이 되지 않았다. 공공 기관 사이트 하나 들어가지지 않는다고 언론에 나오지는 않는다. '국가법령정보센터'라는 사이트를 알고 있는가? 서울 버스 이동 경로 정보를 받을 수 있는 '서울열린데이터광장'이라는 사이트 역시 모를 것이다. 대부분이 모른다. 이런 사이트를 사용하는 사람은 극히 소수였다.

하지만 홈택스라고 한다면? 이야기가 달라진다.

"용호, 이건 좀 그렇지 않을까?"

통화를 하던 데이브가 걱정이 되는지 선뜻 하려 하질 않았다.

"걱정하지 마, 어차피 카스퍼스키가 IP 걸릴 걱정은 없다고 했으니까. 그리고 엄밀히 말해서 해킹하는 것도 아니잖아. 걸리면 오타 쳤다 그래."

"…야, 너……."

"이대로는 안 돼. 우리 회사 제품을 사용하고 말고의 문제가 아니야. 너무 탄탄하게 엮여 있어서 이 정도 이슈가 아니면 그 고리를 끊을 수가 없어. 모르지. 또 이렇게 해도 고리가 끊어지지 않을지도."

"알았다, 네 말대로 하지 뭐."

"약속한 시간에 해줘."

"오케이."

전화를 끊은 용호가 책상 위에 놓여 있는 엑셀을 바라보았다. 이십 개였던 빗금이 오십 개로 늘어나 있었다.

"이렇게 우리나라에 공공 분야 사이트가 많을 줄 누가 알았겠어."

알리오라는 공공 기관 경영 정보 공개 시스템이 있다. 이곳에는 각종 공공 기관들의 채용 정보에서부터 각 기관들의 연봉들이 공개되어 있었다.

그리고 또 한 가지, 공시 대상 기관 숫자가 적혀 있다. 거기에 적혀 있는 숫자만 316개다. 여기에 각 정부 부처들이 운용하고 있는 사이트와 앱을 합친다면 어마어마한 숫자가 나오는 것이다.

"자, 다시 시작해 볼까."

양손을 깍지 낀 채 머리 위로 쭉 뻗어 스트레칭을 시작했다. 오 분 정도를 했을까. 용호는 무섭도록 집중하기 시작했다.

*　　　*　　　*

어떤 에러는 해당 개발자가 바로 해결을 하기도 했다. 또 어떤 에러는 해결이 되지 않기도 했다. 해결되지 않던 문제도 시간이 지나면 다시 해결되었다.

문제는 반복된다는 것이다.

"또? 이번에는 또 무슨 문제야?"

대법원 전산정보센터에 근무하고 있는 개발자는 죽을 맛이었다. 매일같이 발생하는 버그로 담당자는 마치 자신을 죽일듯한 기세로 쪼아댔다.

"이럴 줄 알았으면 안 나눠주는 건데."

Hello World 행사장에서 받은 세 번의 기회는 이미 사용한 지 오래였다. 두 개는 타 시스템을 개발하고 있는 개발자들에게 나눠주었고, 자신이 가지고 있던 한 개는 신규 기능 개발에 이미 사용해 버렸다.

후회는 아무리 빨리해도 늦는 법이다.

"지금 뭐라고 중얼대는 겁니까? 이 상황에 딴 데 팔 정신이 있어요?"

"……."

"그래서 이제 어떻게 할 겁니까?"

"해결해야죠."

"해결한다, 해결한다. 그런데 비슷한 문제가 지금 계속 반복되고 있잖아요!"

언성을 높이는 담당자에게 개발자도 소리를 지르고 싶었다.

'그러게 무리하게 일정 당기지 말자고 했잖아! 일정을 당기면 기능을 줄여주든가. 기능은 오히려 추가시키고 돈은 깎고. 완전 노예에도 이런 노예가 없겠다!'

하지만 마음속의 외침일 뿐이다. 현실의 모습은 그저 죄송하다고 고개를 수그리는 수밖에 없었다.

"금방 해결됩니다, 금방."

"금방 해결하면 뭐 합니까. 어차피 또 에러 날 텐데."

"……."

개발자는 생각했다.

'시발, 진짜 치킨집이나 하러 가야 되나.'

기. 승. 전. 치킨집.

개발자들 사이에 나도는 우스갯소리였다.

누군가에게는 오히려 기회였다. Find bugs tool의 대표자는 물밀 듯이 밀려드는 의뢰에 기쁜 함성을 질러야만 했다. 사람이 없어서 보내지 못할 지경이었다.

이곳저곳에서 솔루션 납품을 의뢰했다. 이유는 명백했다.

Fixbugs 측에 연락이 되지 않았다. 사무실을 찾아가도 휴가 중이라는 안내판만이 붙어 있을 뿐이었다.

경쟁사가 없는 완벽한 독점이었다.

"이러다가 올해 매출 3,000억도 넘겠어."

일반 중급 개발자 단가가 대충 육백만 원가량이다. DBA나 설계 쪽 아키텍처로 참여한다면 단가가 더 올라간다. 그리고 데이터베이스 튜닝이나 설계 쪽으로 들어가면 이천만 원가량까지도 올라간다.

그런데 지금 Find bugs tool 측에 들어오는 미친 듯한 일감에 버그 컨설팅 비용은 천정부지로 솟아버렸다.

부르는 게 값이다.

"인원 충원은 어떻게 됐어?"

"현재 최대한 끌어모으고 있습니다."

"일단 무조건 최대한 끌어와. 어차피 경력이야 대충 만들어도 되니까. 물 들어올 때 노 저어야지."

"알겠습니다."

개발자 단가는 삼천만 원을 넘어가고 있었다. 그 순간에도 버그가 발생한 공공 기관 사이트의 개수는 늘어만 갔다.

수정해도 또다시 발생한다. 그렇게 포위망을 좁혀가던 버그가 국세청, 그리고 국민연금 사이트까지 침범하려 했다.

하지만 Find bugs tool만으로는 찾을 수 없었다. 찾을 수 있도록 하지도 않았다.

                    *   *   *

이른바 버그 컨설턴트.

용호로 인해 생겨난 직업이자, 지금 대법원 전산정보센터에
모습을 드러낸 사람들의 정체였다.

노트북을 한 대씩 들고 나타난 사람들이 사무실 한편에 자
리를 잡기 시작했다.

"저 사람들은 뭐야?"

"이제부터 저분들한테 협력하라던데요? 뭐, 버그 문제를 해
결해 준다나 뭐라나."

"그래?"

"단가도 엄청 세더라고요. 소문에는 오천이 넘는다는데."

"뭐?"

"선배도 저 회사나 한번 알아보세요. 버그 잘 찾으시잖아요."

후배 개발자의 은근한 말에 관심이 가는지 노트북을 펴고
있는 사람들에게서 눈을 떼지 못했다. 담당자의 신경 거슬리는
말을 들을 필요도 없고, 고액의 연봉까지… 꽤 마음이 동했다.

하지만 문제가 하나 있었다.

"그런데 버그 찾는 일이 이번에야 버그가 많이 발생했으니
돈이 되지 평상시에야 거의 없잖아."

"그래서… 아마 저쪽도 대부분이 프리랜서라고 하긴 하더라
고요."

"프리랜서?"

"뭐, 솔루션 개발자들을 제외하고는 대부분이 프리랜서 쓰는 것 같아요."

"근데 너는 그걸 다 어떻게 아냐?"

선배 개발자의 말에 찔끔한 표정이었다. 어색한 미소를 지으며 겨우 답했다.

"제가 관심이 많아서 뭐, 하하하."

개발 경력만 한두 해가 아니다. 후배 개발자의 표정에서 한번에 알아볼 수 있었다.

"이직하려고 했구먼."

하지만 선배 개발자가 잘 모르는 게 한 가지 있었다. 후배 개발자가 지원하려고 했던 회사는 한쪽 구석에 자리를 잡고 있는 사람들이 속한 회사가 아니었다.

Find bugs tool에 소속된 사람들이 두런두런 이야기를 나누고 있었다.

"어때?"

"미국에서 보내온 패치 버전 적용해도 잘 안 됩니다. 더군다나 저희 툴을 돌리기만 하면 문제가 생깁니다. 이건 저희 솔루션 버그부터 찾아야 할 판이니 원."

"야, 쉿! 말소리가 크잖아."

하지만 조용히 할 필요가 없었다. 현재 대법원으로 파견된 컨설턴트는 정직원 세 명에 프리랜서 한 명이었다.

그중 한 명인 프리랜서로 들어온 사람이 정직원을 부른 것이다.

"저기요. 이거 프로그램이 안 돌아가는데요."

―error : 15013 〈〉 빈 객체를 참조하고 있습니다.

프리랜서로 들어온 사람의 화면에 떠 있는 문구였다. 인당 오천만 원에 네 명이 들어왔다. 삼천만 원이던 단가가 오천까지 오른 것이다.

예전 데이터베이스 튜닝을 할 때는 일주일에 일억은 받은 적도 있었다. 분명한 건 문제가 해결된다는 보장이 있기 때문에 돈을 지불한다는 것이다.

한 달만 있어도 이익.

돈이 비싼 건 이유가 있다. 그만큼 문제가 어렵다는 뜻이다.

남자는 앞으로의 일이 결코 쉽지 않을 것임을 직감했다.

*　　　　*　　　　*

한적한 사무실.

비정기 일주일간의 휴가로 사무실은 텅텅 비어버렸다. 회사의 앞날을 걱정하는 몇몇 인원들이 자리를 잡고 있을 뿐이다. 그중 한 명이 나대방이었다.

"형님, 지금 들리는 소문에 의하면 정부에서 버그 해결에 꽤

많은 돈을 쏟아붓고 있답니다. 그런데 그게 모두 정진용 쪽 회사로 가고 있고요. 왜인 줄 아세요?"

"알지 왜 몰라."

"도대체 어쩌실 생각인 겁니까? 이대로 보고만 있을 겁니까? 이렇게 가만히 계실 거냐고요!"

용호는 나대방의 말은 신경도 쓰지 않는 듯했다. 허리가 뻐근해서인지 자리에서 일어나 몇 번 스트레칭을 하더니 한다는 말이 가관이었다.

"야, 나 몸이 안 좋아서 요가 좀 해보려고 하는데 같이 갈래? 허리가 안 좋아, 운동이 필요해."

"아, 형님!"

나대방이 언성을 높였지만 소용없었다.

"가자!"

"하아… 진짜 뭔 생각인지."

나대방이 푸념을 하며 따라갔다. 기본적으로 용호에 대한 믿음이 바탕에 깔려 있었다. 단지 무슨 생각을 하고 있는 건지 궁금할 따름이었다.

일명 고양이 자세.

허리를 쭉 펴던 용호는 터져 나오는 신음을 숨길 수가 없었다.

"아, 아… 아."

뻣뻣한 몸은 관성에 의해 더 이상 움직이지 말라고 만류했지만 그럴 수는 없다. 관성에 질 수는 없다.

"형님, 진짜 말 안 해주실 겁니까? 저, 섭섭합니다. 불법 소프트웨어 이슈는 언제 터뜨릴 겁니까?"

바로 옆에서 나대방도 트레이닝복으로 갈아입고 같은 자세를 따라하고 있었다. 평일 낮 시간이어서인지 직장인으로 보이는 사람들도 꽤 눈에 띄었다.

"일정에 따라 계약했겠지."

"네?"

"일정이 초과돼도 월급은 지불해야겠지."

"⋯⋯."

"그리고 우리 솔루션의 성능은 누구보다 그들이 잘 알고 있을 거야. 그들도 해결하지 못하는 버그를 우리 솔루션은 해결해 주고 있으니까. 하지만 문제는 해결되지 않을 거야."

비록 몇 마디에 불과했지만 나대방은 알아들을 수 있었다. 그 정도 머리와 눈치는 충분했다.

"그럼 형님이⋯⋯."

"자, 너도 건강 생각해야지."

용호가 다시 요가에 집중했다. 선문답이 끝나고 나대방은 궁금증이 해소된 듯 편안해 보였다. 이내 둘은 강사가 하는 지시에 따라 요가 자세를 따라했다.

힘들었다.

힘들지만 해야 하는 일이었다. 더 이상 몸이 병들어가는 걸 방치할 수만은 없었다.

운동을 마치고 올라온 둘은 책상 앞에 앉아 있는 서보미를 어리둥절해하며 바라보았다.

"네가 나오라 그랬냐?"

"아니요, 제가 왜 그럽니까."

소리가 들리지 않아서일까, 둘이 사무실에 들어왔음에도 서보미는 미동도 없었다. 모니터에서 눈을 떼지 않았다.

용호가 좀 더 가까이 다가가 보았다. 그러고는 어깨를 살짝 톡톡 쳤다. 놀라지 않도록 하기 위한 일종의 에티켓이었다.

"보미 씨? 오늘 휴가 아닌가요?"

"아, 사장님. 휴가이긴 한데… 공부도 할 겸 해서요. 차라리 회사가 편합니다."

회사가 편하다는 말에 용호가 짓궂은 미소를 지어 보였다.

"하하, 휴가 줄 때 쉬어야 하는데… 나중에 제가 엄청 부려먹을 겁니다."

"제발 그렇게 됐으면 좋겠어요. 사장님이 저에게 관심을 둘수록 제 실력은 성장할 테니까요."

예상치 못한 대답에 용호가 한 대 맞은 듯했다.

"뭐, 시키실 것 있으면 말씀해 주세요. 저, 일하고 싶습니다."

서보미의 두 눈에서 불꽃이 피어오르는 것 같았다. 오히려 용호가 살짝 주춤거리며 뒷걸음질 쳤다.

"아하하……."

용호가 뒷걸음질 치는 것과 달리 나대방이 앞으로 나서며 말했다.

"그래요? 역시 우리 보미 씨. 든든하네요. 그러면 일단 밥부터 먹고 오죠. 일할 때는 자고로 든든하게 먹어야 하니까."

*　　*　　*

이른바 먹튀.

나대방은 점심을 먹고는 집으로 돌아가 버렸다. 서보미와 둘만 남은 사무실, 용호는 무언의 압박을 받아야만 했다.

서보미가 초롱초롱한 눈으로 용호를 보고 있었다.

이미 용호의 지시로 몇 번 함께 일을 진행했다. fixbgus의 성능 개선에도 참여했고, 'Hello World'에도 연사로 참여해 상당한 반향을 일으켰다.

용호가 주는 일을 해서 자신이 소모되는 느낌을 받았다면 이렇지 못했을 것이다.

하루가 다르게 지식을 섭취했고, 점차 소프트웨어를 보는 눈이 넓어졌다. 모두가 용호를 따른 결과였다.

서보미의 그 뜨거운 눈길에 용호가 헛기침을 토해냈다.

"흐, 흠……."

"이제 뭘 하면 될까요?"

"그럼 혹시… 운영체제 쪽도 관심 있나요?"

"물론입니다. 모든 소프트웨어 기술력이 결집되어 있는 게 운영체제니까요. 대부분 웹에서 사용하는 MVC 개념이나 Docker의 컨테이너 기술들이 모두 운영체제에서 나온 거잖아요."

"그 부분을 미리 공부하고 있었으면 합니다. 리눅스 코드나 Mini OS 만들어보면서요."

서보미가 더욱 용호에게 가까이 몸을 기울였다. 뭔가 엄청난 일이 준비되고 있는 듯한 느낌에 가슴이 두근거렸다.

"왜요? 앞으로 OS를 만드실 생각이신 거예요?"

"뭐… 그렇지 않다고는 못하겠네요."

"그런데 한국형 OS는 이미 티맥스에서 시도하다 실패하지 않았나요? 모바일용 OS도 개발은 하고 있지만 시장의 반응은 전혀 없는 것으로 알고 있는데……."

서보미가 호기심 때문인지 더욱 용호 가까이로 몸을 기울였다. 용호는 부담스러웠던지 살짝 뒤로 몸을 뺐다.

"앞으로 '커넥티드 카'라고 해서 차에도 운영체제가 들어갈 겁니다. 그리고 '스마트 홈'이라고 해서 집에도 들어갈 테고요. 이처럼 시장성은 충분하죠. 그리고 저는 우리 개발팀의 실력이 세계적인 수준이라 믿고 있습니다. 지금까지 잘해왔고요. 다른 사람들의 실패는 그 사람들의 문제입니다. 서보미 씨는 '우리'와 함께하고 있는 겁니다. '우리'는 세상을 바꿀 실력을 가지고 있어요."

용호가 제시하는 비전에 서보미의 가슴이 더욱 크게 요동쳤다. 오픈 소스 프로젝트에 참여할 때부터 세계 무대에서 활약하기를 꿈꿨다. 하지만 지금까지 전혀 기회가 없었다. 국내의 조그마한 회사조차 들어갈 수가 없었다.

이제 그 기회가 생겼다.

자신이 잡아야 할 차례였다.

모든 사람들에게 최소 세 번은 온다는 기회가 바로 눈앞에 있었다.

*   *   *

버그가 생기는 만큼 Fixbugs에 대한 불법적인 사용도 늘어 갔다. 물론 돈을 내고 정상적인 루트로 사용하는 경우도 있었다.

하지만 개인 계정으로 구매한 것일 뿐이다.

개인 계정으로 구매하여 기업용 코드를 분석하는 것도 불법이다. 기업에는 기업용 요금이 따로 적용된다.

해당 내용은 전부 중앙 관리 서버에 로그 형태로 쌓이고 용호는 웹을 통해 그 내용들을 확인할 수 있도록 되어 있었다.

"꽤 늘어났네."

로그에 따르면 정상적이지 않은 루트로 사용하는 사람이 수직 상승하다시피 치솟고 있었다.

애초에 정상적으로 요금을 결제해 주는 회사가 흔치 않다. 용호도 미국에 가기까지, 완전히 공짜인 프로그램만 사용했다.

인턴 시절, 선배에게 듣기로는 만약 불법 소프트웨어 불시 점검이 나오면 노트북을 빌딩 바깥으로 던져 버리는 경우도 있다고 했다.

만약에라도 불법적으로 소프트웨어를 사용하다가 벌금을

맞는 것보다야 노트북을 버리는 게 수지맞는 장사였다.

"더욱이 요금도 인상되었고 말이야."

성능 개선 후 용호는 요금 인상을 단행했다. Fixbugs를 사용하는 요금을 오히려 올린 것이다.

솔루션의 성능에 대한 확고한 믿음이 있기에 가능한 일이었다.

밤늦은 시간.

"집에 안 가요? 12시가 넘었습니다."

서보미 역시 시간의 흐름을 잊은 듯 보였다. 정신없이 위아래로 고개를 움직이고 있었다. 책을 보다 컴퓨터 화면을 보다 하면서 제대로 프로그램이 돌아가는지 확인하고 있었다.

"아… 가, 가야죠."

서보미를 데리고 엘리베이터를 타고 내려오니 이미 컴컴해진 지 오래였다. 평일 밤, 역삼은 휘황찬란했다. 회사가 많은 곳에 직장인들이 많다.

그리고 직장인들이 많으면 자연스레 그 주변으로 유흥 주점이 생길 수밖에 없다.

빵빵.

빌딩 밖으로 걸어 나온 용호의 등 뒤로 차 한 대가 클랙슨을 울려댔다. 막 유흥 주점에서 사람을 태우고 나오던 차였다.

좁은 골목길이라는 인식이 없는지 속도가 상당했다.

차를 피하기 위해 걸음을 옮기던 용호가 그제야 서보미 생각이 난 듯했다.

서보미는 아무것도 모르는 눈치였다.

"이, 이쪽으로 오세요."

용호가 말했지만 다른 쪽을 보느라 듣지 못했다. 용호가 어쩔 수 없이 서보미의 팔을 잡아당겼다.

마치 한 폭의 그림 같았다.

서보미가 긴 생머리를 휘날리며 용호에게 안겨들었다.

클랙슨을 울려대던 차가 그 둘을 지나쳐 강남대로 방향으로 스며들었다.

"괜찮아요? 뒤, 뒤에서 차가 와서."

"아, 괜찮습니다. 감사합니다. 사장님."

서보미가 어색한 듯 서둘러 용호의 품에서 빠져나와 몸을 추슬렀다. 그러고는 이내 길가에 서 있는 택시를 타고 강남대로 방향으로 사라져 버렸다.

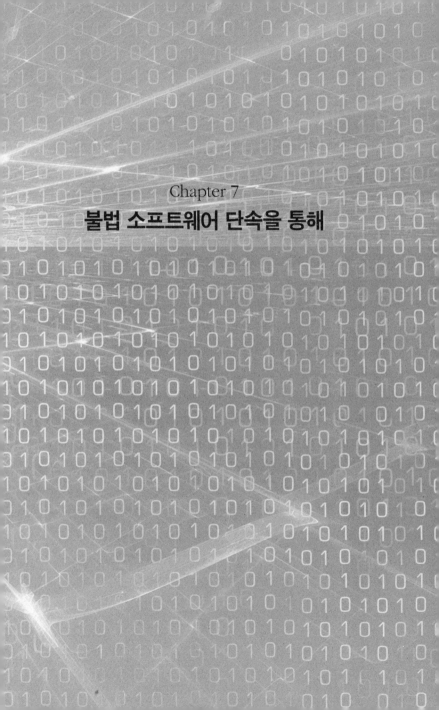

Chapter 7

불법 소프트웨어 단속을 통해

BSA(소프트웨어 연합)의 조사에 따르면 2014년 우리나라 불법 소프트웨어 사용률은 38%를 기록했다.

격년으로 발행되는 이 보고서에 의하면 우리나라는 이 수치가 2011년경 40%에서 2% 낮아졌다. 세계 평균은 42%에서 43%로, 아시아 평균은 60%에서 62%로 각각 증가했다.

하지만 OECD 주요 국가 평균 25% 보다 훨씬 높았으며 불법 소프트웨어 사용으로 인한 피해액도 약 7,200억 원에 달했다.

또한 일본 19%, 뉴질랜드 20% 오스트레일리아 21%보다도 훨씬 높은 수치였다.

회사의 담당 변호사에 따르면 아직 우리나라의 불법 소프트웨어 사용률이 높기 때문인지 '법' 자체도 일반 기업에 상당히 유리하게 만들어져 있다고 했다.

"압수수색영장을 그렇게 쉽게 발부받을 수 있다는 말인가요?"

"물론입니다. 일단 Fixbugs 소프트웨어를 불법적으로 사용하고 있다고 고소를 하면 바로 압수수색영장을 받을 수 있습니다. 해당 영장을 받아서 한국 소프트웨어산업협회에서 만든 프로그램을 이용하여 대상 컴퓨터를 검사하면 되고요."

이야기를 듣고 난 나대방도 생각보다 일이 간단하게 끝날 것 같다고 생각했다. 걱정하던 기색도 차츰 사라져 갔다.

용호도 이렇게까지 불법 소프트웨어를 단속하는 절차가 간단할 줄을 생각도 하지 못한 듯했다.

"우리가 직접 가서 단속을 해도 된다니……."

용호가 중얼거리자 옆에 앉아 있던 변호사가 한마디 거들었다.

"물론 사법 경찰관과 동행은 해야 합니다. 하지만 실제 SPC(한국 소프트웨어산업협회)의 Audit 프로그램을 돌려보고 일을 진행하는 건 직원이 해도 됩니다. 현재 대부분 그렇게 일을 진행하고 있고요."

"이, 일단 알겠습니다."

"그럼 일 진행하실 때 연락 주세요."

일을 마치고 용호가 자리에서 일어나자 변호사가 배웅을 나왔다. 용호와 나대방은 고민에 빠진 표정으로 변호사 사무실을 빠져나왔다.

오늘은 그저 일을 진행하기 전, 상담을 받기 위해 변호사 사무실에 온 것이었다. 상담 결과 생각보다 일이 쉽게 진행될 것 같았다.

아직 추위가 몰려오지는 않았다. 아침은 쌀쌀했지만 낮에는 조금만 두껍게 입어도 땀이 날 듯한 날씨였다.

"커피나 한잔하고 가시죠."

남자의 계절 가을, 화창한 날씨 덕분일까. 오랜만에 사무실을 나온 용호도 이대로 돌아가고 싶지는 않았다.

"그럴까?"

"요즘 가로수길이 핫하다는데 거기로 가시죠. 바람도 쐬고, 젊은 기운도 받고."

"젊은 기운은 무슨."

"그렇게 매일 사무실에 짱 박혀서 일만 하지 마시고, 젊은 기운을 느껴야죠. 형님도 이제 삼십 대입니다. 삼십 대."

"헛소리하지 말고 운전이나 잘해."

용호의 말에 운전대를 잡고 있던 나대방이 엄살을 부렸다.

"그렇지 않아도 후덜덜합니다. 이게 삼억이라 그랬나요?"

"정확하게 삼억 오천만 원이다."

용호가 새로 산 차, 벤틀리의 가격이었다.

차를 타고 나가면 은연중에 느껴지는 사람들의 시선이 있었다. 벤츠, BMW와 또 다른 차였다. 소위 부자라고 말하는 사람들도 쉽게 탈 수 있는 차가 아니었다.

최소 2억 중반부터 가격대가 시작한다. 그런 가격 덕분일까. 가로수길로 차가 들어서자 사람들의 직접적인 시선이 느껴졌다.

그러던 중 창밖으로 몇몇 사람들과 눈이 마주쳤다. 평일 낮임에도 꽤 많은 사람들이 거리를 지나다니고 있었다. 하나같이 잘생기고, 어디서 콧방귀 꽤나 뀔 것 같은 외모들이었다.

그런 외모를 가진 사람들이 자신과 눈이 마주치자 '오오' 하는 듯한 감탄사를 내뱉는 듯 보였다.

'우우' 하는 감탄사를 내뱉던 예전과는 달랐다.

"형님, 얼마나 좋습니까."

창밖을 둘러보던 나대방도 기분이 좋은 듯 보였다. 연신 콧노래를 부르며 거리를 둘러보았다.

평일이라 차를 쉽게 주차하고 커피숍으로 올라가 보았다.

2층으로 되어 있는 커피숍은 문 자체가 거대한 창으로 이루어져 있었다. 유명 연예인의 소유라고 얼핏 들은 기억이 있었다.

"이런 데 자주 오냐?"

"옛날에는 사람 구경이나 할 겸 친구들이랑 신사역 근처에 있는 클럽이나 갈 겸, 겸사겸사 왔었죠."

"클럽?"

"요즘에는 신사역에 있는 클럽이 '핫' 합니다. 제가 지금은 애 아빠지만 소싯적에는 몸 좀 놀렸다니까요."

자리에 앉아 있던 나대방이 '둠칫 두둠칫'거리며 팔을 움직였다. 그 모습이 우스꽝스러운 나머지 용호도 커피까지 흘려가며 웃음을 터뜨렸다.

한바탕 웃고 나자 나대방도 X자로 교차시키던 팔을 멈추었다.

"매일 직원들이 모두 퇴근한 시간까지 형님은 집에 안 가시고 계신 거 다 알고 있습니다."

용호는 말없이 창밖을 바라보았다. 아직 가을 날씨, 그리 쌀쌀하지 않아서인지 거리에는 살색이 유독 많이 눈에 띄었다.

"이런 일상의 여유도 중요한 겁니다. 이제 진짜 연애도 하고 결혼도 하셔야죠."

용호가 앞에 놓여 있던 아메리카노를 한 모금 입에 머금었다.

"너까지 결혼 이야기냐."

"아니면, 사무실에서 일만 하지 마시고 클럽 같은 데를 다녀 보세요. 이렇게 일만 하다가 청춘을 보내는 것도 아깝지 않습니까."

청춘이라는 말에 용호가 손사래를 쳤다.

"청춘은 무슨. 그리고 나도 클럽 가봤어."

정단비와 함께 갔었던 기억이 불현듯 스쳐 지나갔다. 그리 나쁘지 않은 기억이었다. 말초적인 자극을 주는 정단비의 곡선이 눈앞에 그려지는 듯했다.

"그러니까요. 그렇게 클럽도 가고, 이렇게 땡땡이도 치면서 여유 좀 가지고 사시라고요. 이 정도면 저희도 꽤나 성공했잖아요."

나대방의 마음이 어떤 건지 잘 안다. 너무 일만 하는 자신의 모습이 걱정스러웠을 것이다.

"알았어. 알았으니까. 오늘은 잔소리 좀 그만해라. 바깥 구경이나 하자."

따사로운 가을 햇볕이 눈부시게 내리쬐는 어느 가을 오후에 벌어진 일이었다.

*　　　*　　　*

평일 오후에 쉴 수 있는 권한은 누구나 가지고 있다.

유급휴가가 있다.

하지만 쓸 수 없다.

1년에 십오 일이라는 제한도 제한이지만, 프로젝트 일정, 상사의 눈치, 회사에 대한 충성 등등 이유는 수도 없이 존재했다.

창문 너머에는 따뜻한 가을 햇살을 이기지 못한 낙엽이 떨어지고 있었지만 창문 안쪽에서는 업무를 제대로 이행하지 못한 직원의 면상에 A4 용지가 부딪쳐 떨어져 내리고 있었다.

"벌써 한 달이 지난 건 알고 있지?"

"네."

"그런데 아직까지도 해결 못 해서 잡혀 있으면 어쩌자는 거야? 자네 월급이 어디서 나오는 거라고 생각하나."

"……."

"지금 일정이 초과된 프로젝트가 몇 개인지 알긴 아는 건가!"

Find bugs tool 대표의 고함에 각 프로젝트 담당자들의 입이 자물쇠라도 채워진 듯 잠겼다.

어찌 하나같이 이렇게 똑같은 행태를 보이는 건지. 프리랜서로 실력을 인정받아 PM이 된 남자는 답답하기만 했다.

"방법이 없는 건 아닙니다. Fixbugs 측 솔루션을 구매하여 사용하면 됩니다."

당당하게 말하는 남자의 말에 주변인들은 하나같이 아연실색했다. 주변인들의 반응은 틀리지 않았다.

프리랜서로 입사해 PM을 맡고 있는 남자의 말에 대표가 어이가 없다는 듯 코웃음을 쳤다.

"뭐? Fixbugs 툴을 사용하자고?"

"지금 받고 있는 돈이면 Fixbugs를 사용하기에 충분하다고 생각합니다만."

"우리 회사가 어떤 회사라고 생각하는 건가?"

대표는 영 마음에 들지 않는다는 눈초리로 PM을 바라보았다. 그 한마디에서 느낄 수 있었다.

'꼰대.'

프리랜서가 입을 다물자 더 이상 나서는 사람은 없었다.

"프로젝트의 일정이 지연돼서 올해 인센티브는 없으니까… 알아서들 하라고."

대표의 말에 회의에 참석한 사람들이 하나둘씩 자리에서 일어났다.

'인센티브가 문제가 아닌 것 같은데.'

사람들은 하나같이 비슷한 생각에 빠져 있었다.

"한 달 이상 일정이 지연되면… 위약금 있는 건 알고 있는 겁니까?"

한 달에 오천만 원이라는 단가는 그냥 책정된 것이 아니다.

하이 리스크 하이 리턴이다. 문제가 해결되지 못했을 때, 일정이 지연되었을 때 물어야 할 위약금도 일반 계약의 '배'였다.

"곧 해결되니까… 조금만 기다려 주십시오."

"벌써 기다려 달라고 한 지 한 달이나 지났으니까 하는 말 아닙니까."

7급 공무원 담당자도 컨설턴트에게만은 함부로 대하지 못했다. 문제가 여전히 해결되지 못하고 있음에도 일반 개발자들에게 대하는 것과는 확연히 차이가 났다.

"앞으로 일주일, 일주일 이내에 끝을 보겠습니다."

"정말 더 이상은 안 됩니다. 위에서도 별의별 말이 다 나오고 있는 실정입니다."

"하아… 알겠습니다. 정 안 되면……."

뒷말을 중얼거렸으나 주위에 잘 들리지가 않았다. 그만큼 의미 불명의 희미한 소리였다.

갑자기 들이닥친 일련의 사람들이 소리를 지르며 사무실을 배회했다.

"모두 노트북에서 손 떼고 자리에서 일어나십시오!"

누군가가 노트북에 손을 댈라 치면 언성은 더욱 높아졌다.

"손 떼라는 말 안 들립니까. 어차피 소용없으니까. 가만히 계세요."

십여 명은 넘는 인원이었다. 그 인원들 손에는 USB가 하나씩 들려 있었다.

USB를 손에 든 인원들이 덩그러니 놓여진 노트북에 다가갔다.

"자, 다들 잠시만 비켜주십시오. 잠시면 됩니다. 잠시면."

한바탕 태풍이 휘몰아치는 듯했다. 십여 명의 사람들은 빠르게 노트북에 USB를 장착시키고 담아온 프로그램을 실행시켰다.

실행시킨 프로그램은 한국 소프트웨어산업협회에서 만든 Audit라는 프로그램이었다.

포맷하지 않는 이상, 지금까지 설치했던 프로그램의 목록을 한눈에 볼 수 있는 솔루션이었다.

"영장 있어? 영장 가져와!"

몇몇 사람은 이런 생리를 잘 알고 있는지 압수수색영장을 요청했다. 맞는 말이었다. 압수수색영장 없이는 다른 사람의 컴퓨터를 함부로 열람할 수 없다.

남자는 끝까지 자신의 노트북을 내주지 않은 채 영장을 찾았다.

"여기 보십시오."

남자의 반항에 함께 동행한 사법 경찰권이 있는 경찰이 압수수색영장을 내밀었다.

그 한마디에 남자는 꼬리를 만 개처럼 물러날 수밖에 없었다. 뒤에서 그 상황을 지켜보던 용호가 직접 나섰다.

"그러면 살펴봐도 되겠죠?"

용호도 한 손에 USB를 들고 있었다. 들고 있던 USB를 노트북에 꽂고는 돌려 보았다.

"M사 운영체제나 오피스 프로그램은 모두 정품을 사용하시면서 저희 회사 제품은 정품이 아니네요?"

"……."

남자는 꿀 먹은 벙어리가 된 듯 보였다. 방금 전까지 영장을 찾으며 패기 있던 그 모습은 온데간데없었다.

용호의 눈에 남자의 책상 위에 놓인 명함 한 장이 들어왔다.

Find bugs tool.

컨설턴트 XXX.

"Find bugs tool 소속이신가 봐요?"

용호의 말에 남자의 얼굴이 시뻘겋게 물들어가기 시작했다. 부끄러움 때문인지 앞으로의 일에 대한 걱정 때문인지는 알 수 없었다.

*　　　　　*　　　　　*

단속은 동시 다발적으로 이루어졌다.

대법원 전산정보센터에서만 이루어진 것이 아니었다. Fixbugs의 중앙 서버에 수집된 로그를 바탕으로 위치가 확인된 IP 대역을 순회했다.

대부분이 공공 기관이었다.

딱 한 군데, 민간 기업이 포함되어 있었다.

Find bugs tool 본사가 위치한 판교였다. 판교에 차를 세운 나대방이 먼저 내렸다.

그러고는 빌딩 한편에 세워져 있는 간판을 바라보았다.

"이곳까지 터는 겁니까?"

매출이 상당한지 높은 빌딩의 세 개 층을 사용하고 있었다. 나대방의 뒤를 이어 용호도 차에서 내렸다.

"여기가 마지막이다."

설마 했다. Find bugs tool에서 자사 솔루션을 사용했을 줄은 몰랐다. 하지만 수집된 IP는 분명 이곳을 가리키고 있었다.

반응은 비슷했다. 일행의 앞을 막아선 경비원이 물었다.

"영장 있습니까?"

영장을 가지고 있던 경찰이 품에서 수색영장을 꺼내 보였다.

정당한 법 집행이었다. 막아설 명분이 없는 경비원들이 주춤거리며 물러섰다.

물러서는 경비원들을 양팔로 헤치며 나대방이 길을 만들었다.

"그럼 올라가 볼까요."

이럴 때는 참 좋았다. 나대방의 덩치는 일반 회사의 경비원들이 막을 그것이 아니었다. 나대방이 막아서는 경비를 밀치며 사무실 안쪽으로 들어섰다.

한마디로 가관이었다. 몇몇 개발자들은 손 위로 노트북을 들고 막 바닥으로 패대기를 치려 하고 있는 중이었다.

창가 쪽에 앉아 있는 인원들은 아예 창문을 열어놓고 있었다. 그 아래로 노트북을 내다 던질 생각인 듯 보였다.

나대방이 먼저 나서서 소리쳤다.

"모두 컴퓨터에서 손 떼세요."

노트북을 사용하는 이들은 그나마 양호했다. 데스크톱 컴퓨터를 사용하는 이들은 어찌할 바를 모른 채 방황하고 있었다.

"떼라는 말 안 들립니까!"

거대한 몸집에서 우렁찬 소리가 들려왔다. 마치 사자의 울음소리를 들은 초식 동물들을 보는 것 같았다.

*   *   *

용호가 사무실로 찾아오기 몇 분전, 대표는 전화기를 붙들고 식은땀을 흘리고 있었다.

"어떻게 하는 게 좋을까요?"

"어떻게 하기는요. 이미 영장까지 발부된 상태인데 최대한 협조해야죠."

"그, 그래도."

대표의 말투에서 불안함이 묻어나왔다.

"혹시 뭐, 걸릴 거라도 있는 겁니까?"

정진용은 당연히 없다는 대답을 기대했다. 하지만 대답은 기대와 달랐다.

"사실 털어서 먼지 한 톨 안 나온다는 게 쉬운 일이 아니라서."

조심스러운 대표의 말에 정진용의 이마에 힘줄이 돋아났다. 비록 얼굴을 마주하고 있는 건 아니지만 대표는 다년간의 경험으로 알 수 있었다.

서둘러 말을 이었다.

"나와도 상관없기는 합니다. 직원들을 상대로 불법 소프트웨어 사용에 대한 책임은 개인에게 있다고 각서를 받아놓았습니다."

"그럼 문제 될 게 없겠군요. 일단 정상적으로 조사를 받으세요. 그 후의 일은 제가 처리할 테니까."

"알겠습니다."

자신이 비록 대표였지만 실질적인 사장은 따로 있다. 대표는 전화가 끊길 때까지 굽혀진 허리를 펴지 않았다.

미리 입을 맞춰둔 탓일까. 하나같이 비슷한 변명을 내놓았다.

"이, 이건 회사 컴퓨터가 아니라 개인용 노트북입니다. 제가 집에서 사용하는 거라고요."

한 남자의 외침에 용호와 동행했던 변호사가 바로 답변했다.

"어떤 컴퓨터에서 사용하느냐가 중요한 게 아니라 어디에서 사용했는지가 중요합니다. 비록 개인 기자재라고 하더라도 회사에 가지고 왔다면 이는 업무용으로 사용된 것으로 보는 것입니다. 따라서 개인이 사용하는 컴퓨터의 불법 소프트웨어를 관리하지 못한 회사 대표와 프로그램 사용자가 그 책임을 지게 됩니다."

변호사의 말에 이구동성으로 개인 노트북이라 말하던 사람들의 입이 꾹 다물어졌다.

함께 동석해 있던 용호가 사람들을 둘러보며 한마디 던졌다.

"잘 들으셨죠?"

단속에 걸린 사람들은 그저 고개를 끄덕일 수밖에 없었다.

본격적으로 점검을 시작하지 않았음에도 Fixbugs 소프트웨어를 무단 사용한 흔적들이 우후죽순처럼 드러났다.

단속을 진행하던 나대방이 용호를 바라보았다.

"대표는 나와 보지도 않네요?"

"그러게, 자기 일이 아니라고 생각하나 보지."

"아하! 이 일의 책임은 모두 불법으로 소프트웨어를 설치한 개발자의 책임이다?"

마치 만담의 한 장면을 보는 것 같았다. 불법으로 Fixbugs 솔루션을 사용하다 적발된 개발자들 앞에서 주거니 받거니 하며 말을 이어나갔다.

"그렇게밖에 생각이 되지 않네."

앞에 앉아 있는 개발자들만이 죽상이었다. 정품 구매 비용에 배상금까지 합치면 한 달 월급으로는 어림도 없었다. 이미 회사에 들어와 각서를 쓴 기억이 새록새록 떠올랐다.

앞날이 캄캄하기만 했다.

한차례 태풍이 휩쓸고 지나간 듯 사무실이 엉망이었다. 이리저리 흩어져 있는 서류들과 사무실 바닥에 나뒹굴고 있는 노트북 잔해들이 방금 전까지 회사에서 일어났던 일들을 짐작케 했다.

그뿐만이 아니었다.

전화가 끊임없이 울려댔다.

대표도 자리를 비웠는지 전화를 받지 못했다. 몇몇 사람들이 정신을 차리고 전화를 받고, 허둥지둥댔지만 그 사람이 할수 있는 건 아무것도 없었다.

반대편에서 전화를 건 사람이 계속해서 같은 말을 반복했다.

"본사에서 인력을 좀 더 투입해 줘야 할 것 같습니다."

알았다는 말을 듣기는 했지만 남자는 믿지 않았다.

"본사에서는 뭐라고 합니까?"

"똑같지 뭐. 그냥 알았다고만 하는데."

"…이건 뭐, 도대체 어쩌자는 건지."

둘은 같은 화면을 보고 있었다. 홈택스의 원천징수 영수증을 발급받기 위해 설치한 수 개의 모듈들이 충돌을 일으키는지 화면 출력이 되질 않고 있었다.

인터넷 보안 설정에 사이트를 추가하고, 기존 엑티브 X들을 지운 다음 다시 설치를 해봐도 마찬가지였다.

"이건 뭐, 소스를 다 보여주지도 않고 문제를 해결하라니 나 참."

오천만 원의 대가였다.

엑티브 X들이 충돌하는 원인을 알기 위해 각 회사들에게 소스 열람 신청을 했으나 대외비라는 이유로 거부당했다.

버그를 해결하기 위해 공공 사이트로 들어왔다.

그런데 코드도 보지 않고 문제를 해결해야 하는 상황이었다. 많은 돈을 준다는 이유로 덥석 계약을 한 것이 잘못이었다.

"못 한다고 해야 할 것 같은데요… 이건 뭐, 최소한 코드라도 볼 수 있어야 문제를 해결하든지 말든지 할 텐데."

함께 들어왔던 버그 컨설턴트 한 명이 조심스럽게 말을 꺼냈다.

"그렇기야 하지, 허구한 날 웹페이지 코드만 봐서 알 수가 있나. 문제는 엑티브 X에서 나고 있는 건데."

남자도 동의하는 바였지만 뾰족한 수가 없었다.

"어떻게 하실 겁니까?"

"본사에 요청을 해도 답이 없네."

본사도 답이 없었다. 답을 할 상황이 아니었다.

홈택스 프로젝트에서만 벌어지고 있는 일이 아니었다. 대부분의 공공 기관이 본인 인증을 위해서 엑티브 X라 통칭되는 별도 프로그램들을 설치하도록 되어 있다.

HTML5로 대부분 구현이 가능하나 과거의 잔재를 완벽하게 버리지 못한 것이다.

그렇다고 엑티브 X 프로그램의 코드를 함부로 확인할 수도 없었다. 해당 코드는 또 다른 회사의 제품이다.

프로그램을 판 것이지 코드를 판 것이 아니었다. 코드를 공개하는 순간 똑같은 코드를 베껴 비슷한 프로그램이 나올 수도 있는 일, 쉽게 공개할 수 있는 일이 아니었다.

그런 난관은 외부 프로젝트 사람들만이 겪고 있는 것이 아니었다. 본사도 자신들을 도와줄 상황이 안 된다는 것을 외부 프로젝트에 파견 나가 있는 인원들도 하나둘 씩 알게 되었다.

"본사가 조사를 당했다고?"

"방금 전에 Fixbugs에서 나와 불법 소프트웨어 단속을 했다던데요."

"…혹시 너도 설치했냐?"

빨리 확인해 볼 필요가 있었다. Audit라는 프로그램에 대해서는 익히 알고 있었다. 언 인스톨한 기록까지 남는다.

만약 깔았다면 공장 초기화 수준의 포맷이 필요했다.

"저도 막 포맷하고 오는 길입니다."

"야, 같이 해야지! 백업은 어떻게 했어?"

"백업할 자료도 별로 없어서 USB에 옮기기만 했습니다."

"오케이, 일단 나도 포맷 좀 하고 다시 이야기하자."

막 남자가 포맷을 하기 위해 사무실로 들어갈 때 공무원 중한 명이 그를 붙들었다.

"지금 일정 지연이 한 달째인 거 알고 계시죠? 위약금 물어야 한다고 본사에는 말해두셨습니까?"

"아, 그, 그게 말을 했는데 현재 본사에서 검토 중이라고 합니다."

"대표님이라도 들어와서 수습하셔야 할 겁니다. 이러시면 전부 퇴출이에요."

"아, 알겠습니다."

빠르게 대답한 남자가 날듯이 뛰어 자신의 자리로 돌아갔다.

공장 초기화 포맷은 꽤 많은 시간이 소요된다. 기다리는 무료한 시간을 달래기 위해 핸드폰을 집어 들었다.

그러고는 포맷이 끝날 때까지 눈을 떼지 못했다.

―사상 최대 불법 소프트웨어 사용 발각

공공 SI 분야에서 사상 최대 불법 소프트웨어 사용 행각이 발각되었습니다.

문제의 솔루션은 Fixbugs라는 것으로 버그를 분석, 해결해 주는 소프트웨어입니다. 더욱 충격적인 것은 경쟁사인 Find bugs tool에서도 Fixbugs 측의 솔루션을 사용하여 문제를 해결해 온 것으로 드러났다는 것입니다.

취재에 XXX 기자입니다.

인터넷 속보로 뜬 기사가 실시간 검색어 1, 2위를 다투었다. Fixbugs가 1위, Find bugs tool이 2위를 하며 순위 자리싸움이 치열했다.

"형님, 보셨습니까? 당당하게 실검 1위를 차지하는 거? 언론에서도 난리입니다. 사상 최대 불법 소프트웨어 복제 사건이라고."

"이제 퇴출되기만을 기다리면 되는 건가?"

"아마, 곧 스윽."

나대방이 오른손으로 자신의 목을 긋는 시늉을 했다. 그러고는 신이 난 듯 말을 이었다.

"이렇게 될 겁니다. 알아보니까 대부분 프로젝트도 현재 지연 상태라고 하더라고요."

"손해가 막심해지겠네."

용호도 핸드폰에서 눈을 떼지 못했다. Refresh를 눌러가며 검색을 할 때마다 새로운 기사가 올라왔다.

또한 당당하게 실검 1위를 차지하고 있는 자신의 회사를 보니 가슴 저 밑바닥에서부터 뿌듯함이 밀려왔다.

"이제 주워 담는 것만 남았네요."

나대방의 말을 듣는 둥 마는 둥 하며 핸드폰을 보고 있던 용호의 눈빛이 순간 이채를 띄었다.

1, 2위뿐만 아니라 3위를 차지하고 있던 실시간 검색어 '불법 소프트웨어'가 사라져 버린 것이다.

그리고 그 자리를 어느새 인기 연예인들의 이름이 차지하고 있었다.

"이상한데……."

"네?"

핸드폰을 내려놓은 용호가 인터넷으로 검색을 해보았다. Fixbugs로 검색하니 얼마 전 진행했던 'Hello World' 행사 관련 뉴스가 대부분이었다.

불법 소프트웨어 관련 뉴스들이 모두 사라져 버린 것이다.

"야, 이거 한번 봐봐."

"헐… 이게 뭐죠?"

불법 소프트웨어라는 단어는 사라진 채 Fixbugs 행사, Fixbugs 정단비와 같은 단어들이 연관 검색어로 떠 있었다.

불법 소프트웨어를 주제로 기사를 복제 재생산하던 인터넷 언론들이 이번에는 Fixbugs 행사라는 주제로 인터넷 기사를 복제 재생산하며 최신 뉴스 최상단을 차지해 버렸다.

"…안 되겠네."

기사를 확인하던 용호가 나지막이 중얼거렸다. 답답한지 주머니에 있던 초콜릿을 하나 꺼내 입에 물었다. 그제야 흥분되던 마음이 조금은 진정되는 듯했다.

Chapter 8
케이 소사이어티

실검에서 내려온다고 해서 없던 일로 되기에는 사건이 너무 커져 버렸다. 이미 세상 사람 대부분이 알고 있는 사실이었다.

하지만 늘 그렇듯이 쉽게 잊힐 것이다. 실검에서 순식간에 사라졌듯이, 지루한 법원의 공방전은 사람들의 관심사가 아니었다.

대부분의 사람들은 시간과 자원은 전적으로 대기업이 유리하다고 생각한다. 용호도 지금까지는 그렇게 생각했고, 그렇게 살아왔다.

"그러니까 소송으로 가면 힘들어진다는 말씀이신 거죠?"

"그렇습니다. 상대는 대기업입니다. 쓸 수 있는 변호사 '풀'이 다릅니다. 시간을 끌고 자원을 투입할수록 손해를 보는 건 사장님 측이 될 겁니다."

"분명 잘못이 상대편에 있어도 말입니까?"

변호사가 머뭇거리며 제대로 답변을 하지 못했다. 용호가 듣기 싫은 말이라는 것을 뻔히 알고 있었다.

"정품 가격에 합의금 30%, 더 이상은 안 된다는 것으로 보아 이 이상 요구할 시 지난한 소송전으로 끌고 가려는 속셈이 분명합니다."

자리에 함께 배석해 있던 손석호도 한마디 거들었다.

"소송이라면 지겹다, 지겨워."

용호도 알고 있다. 대기업이 가장 잘하는 것이 소송이다.

전관예우.

풍부한 자원을 바탕으로 검찰이나 판사에서 갓 퇴임한 변호사를 선임하여 최고의 결과를 이끌어낸다.

용호도 뉴스 보도 등을 통해 충분히 접했던 사실이다.

"변호사님이 판단하시기에 이 조건에 합의하는 것이 가장 좋다는 건 충분히 알겠습니다."

"그러면 제 말을 들으시는 게 어떨는지… 처음 사장님이 말씀하셨던 목표 중 하나인 공공 기관에서도 더 이상 find bugs 제품은 받기 힘들 겁니다. 여론 의식을 하지 않을 수도 없고요."

변호사의 말에 용호가 눈살을 찌푸렸다. 무언가 마음에 들지 않는 눈치였다.

"뭔가… 오해가 있으셨나 봅니다. 제가 처음에 말했던 '퇴출'

은 공공 기관에서의 퇴출을 말한 게 아닙니다. 대한민국이라는 시장에서 완벽하게 지워 버리는 것이 제 목표입니다."

나대방은 익히 알고 있는 이야기였다. 나대방만이 알고 있는 이야기였다.

"그, 그래도 실소유주가 신세기 오너이신데… 정품 구매 금액에 합의금 30%도 그리 적은 액수는 아닙니다."

변호사도 씁쓸한지 입맛을 다셨다.

"법이라는 게 참… 그렇습니다. 사장님이 원하시는 게, 시장에서 퇴출이라고 하시지만 '현재 건'만 놓고 보면 그렇게까지 되기는 힘들 겁니다. 물론 여론이 악화되어 소비자들의 외면을 받는다면 사장님의 말대로 될 수도 있을 겁니다."

"저희도 대기업만큼의 자금을 투자한다면… 어떻게 될까요?"

자신이 있었기에 나온 말이었다. 한국 시장뿐만이 아니라 미국 시장에서도 수입이 상당했다.

소송이 몇 년간 지속될지는 모르지만 그 정도 버틸 여력은 충분하다.

"그래도 영업정지는 힘들 겁니다. 대부분의 변호사가 Fixbugs보다는 find bugs를 변호하려 할 테니까요. 일단은 적정선에서 합의를 보시는 게 백번 나은 선택입니다.

변호사는 끈질기게 용호를 설득했다. 법은 자신의 전문 분야가 아니었다. 계속 주장을 되풀이하는 건 아집에 불과할 수 있었다.

변호사가 떠나고 나서 용호가 나대방을 찾았다.

"알아보라고 한 건 어떻게 됐어?"

"로드서치라고 처음 들어보는 회사였습니다."

"거기에다가 BMT를 맡겼다는 말이지……."

"대표자 이름은 김진택, 생긴 지는 5년 정도 된 신생 기업입니다."

나대방의 설명에는 막힘이 없었다. 어디서 어떻게 알아왔는지 정보의 질도 상당히 높았다.

"그런데 이상한 점이 하나 있습니다. 미창부에서 BMT를 위해 선정한 업체가 대부분 로드서치더라고요. 거의 독점이나 마찬가지예요. 그리고 로드서치가 공공 기관에 진출한 시기가, Find bugs tool이 공공 기관에 진출한 시기와 거의 일치합니다."

"묘하게 어딘가 거슬리네."

용호가 미처 깎지 못한 턱수염을 긁적였다. 손끝에서 꺼끌꺼끌한 느낌이 전해졌다.

"뭔가 이상하다 싶어서 더 찾아보니, 정진용의 회사와 파트너십을 맺은 회사였습니다."

"…근데 그런 건 다 어떻게 안 거냐?"

"대부분 인터넷에 다 나와 있는 자료예요. 관심이 없어서 그렇지, 요즘 공공 기관이 하는 일은 대부분 인터넷에 공개가 되어 있습니다. 그리고 신세기 홈페이지에 파트너십을 맺었다고 떡 하니 붙어 있었고요."

"그래, 그럼 이제 어떻게 한다……."

생각에 잠긴 용호를 바라보는 나대방의 눈빛이 심상치 않았다. 뭔가 말하고 싶은 눈치였다. 입을 꾸욱 다물었다가 혀로 입술을 축이기를 몇 번, 이내 결심한 듯 나대방이 입을 열었다.

"형님, 혹시 강경일이라고 기억나십니까?"

"기억이 안 날 리가 있나. 잘 살고 있나 모르겠네."

"김진택도 강경일도 같은 모임 소속입니다."

"뭐?"

"케이 소사이어티라고… 예전에 저희 아버지가 몸담았던 모임인데… 이제 그곳도 슬슬 세대교체가 이루어지고 있는 모양입니다. 그때 김진택과 몇 번 만난 적이 있었습니다."

이야기가 길어질 것 같았다. 용호는 편하게 자리를 잡고 앉았다. 자세한 설명을 해보라는 뜻이었다.

＊　　　＊　　　＊

케이 소사이어티.

나대방도 아버지 덕분에 몇 번 참가했을 뿐, 자세한 사정까지는 알지 못했다. 그저 그러한 모임이 있고, 김진택 역시 해당모임에 아버지의 배경으로 참가한 인원 중 한 명이었다.

나대방의 설명을 듣고 난 용호의 얼굴은 한층 굳어졌다.

"대한민국을 선도하겠다는 생각을 가지고 있다니……."

"그 정도의 힘이 있는 사람들이니까요. 아마 이번에 실검이

내려간 것도 에이버의 회장이 이 모임 소속이라 그럴 겁니다. 서로 도와주는 사이이니까요."

"밀어주고 당겨주고, 자기들끼리 다 해먹겠다는 거네."

용호가 자조적으로 읊조렸다. 통계에서 말하고 있었다. 대기업은 더욱 성장하고 중소기업은 죽어나간다.

대기업 직원과 중소기업 임금 격차는 더욱 커져간다. 부의 쏠림 현상은 가속화되어 상위 10%가 전체 부의 50% 가까이를 차지하고 있다.

"……"

"누가 나한테 그러더라고, 당신 너무 과격하다고. 오늘 만났던 변호사도 비슷한 눈빛이었어. 그런데 아무리 생각해 봐도 내가 과격한 게 아닌 것 같아. 정말 과격하고 무서운 건 10% 사람들이 50%의 부를 정당한 방법을 통하지 않고 가진 거, 그런 거 아니냐?"

용호의 질문에도 나대방은 그저 입을 다문 채 조용히 있었다. 왠지 이런 반응을 보일 것이라 예상은 하고 있었다. 그렇다고 알고 있는 정보를 얘기하지 않을 수가 없었다.

"성능 측정이나 포털 사이트, 최신 기술, 유통, 제조, 건설… 전부 다 자신들의 그룹에 속한 이들로 키우겠다는 말로밖에 안 들리네. 이럴 때는 어떻게 해야 되는지 아냐?"

용호가 다시 한번 물었다. 그러나 나대방은 여전히 아무 말도 하지 않은 채 조용히 앉아 있었다.

용호도 굳이 답을 바라고 물어본 건 아닌 듯했다.

"IT로 대동단결."

"네, 네?"

"IoT, O2O 서비스, 무인 자동차 등등 하나같이 그 기반에 있는 건 소프트웨어 아니냐. '우리'는 기술력을 가지고 있고."

"형님."

"그렇지 않아도 하려고 했는데, 조금 더 빨라지는 것뿐이지 뭐."

말을 마친 용호가 자리에서 일어났다.

흔히들 낙수 효과라고 이야기한다. 경제 발전으로 생겨난 부가 위에서 아래로 흐른다는 뜻이다.

그러나 낙수 효과는 일어나지 않는다. 자기들끼리 다 헤쳐 먹기 때문이었다.

투자를 위해서는 돈이 필요했다. 용호가 다시 사무실로 변호사를 불러 들였다.

"일단 정품 구매 및 정품 구매 가격의 30%를 합의금으로 받는 안을 수용하도록 합시다."

용호는 실리를 택했다. 지난한 싸움 끝에 얻을 작은 쾌락보다, 앞으로의 성장으로 방향을 잡았다.

"잘 생각하신 겁니다."

변호사는 바로 반색했다. 일이 생각보다 쉽게 끝날 것 같은 생각에 즐거운 듯 보였다.

"신세기와의 협상은 그렇게 마무리하도록 하죠. 앞으로 변호사님이 해주실 일이 많습니다. 회사가 커질수록 불법 소프트웨어는 많아질 테니까요. 그리고 특허 관련 소송 거리도 생길 수 있으니 잘 부탁드립니다."

"맡겨만 주십시오."

변호사라는 직업도 결국에는 영업이다. 돈 많은 회사와 좋은 협력 관계를 유지해야 흘러내리는 경제적 이득을 맛볼 수 있다.

"그럼 먼저 일어나 보겠습니다."

바로 또 약속이 잡혀 있었다. 변호사 다음에는 나선기 의원이었다.

사상 최대의 불법 소프트웨어 적발 사건은 약간의 조미료를 쳐서 중소기업을 키우지는 못할망정 망치고 있는 정부의 행태로 초점이 맞춰졌다.

야당인 나선기 의원에게는 호재였다.

여, 야를 가릴 것 없이 경제에 초점을 두는 것이 현실이다. 이념이나 정당의 정체성보다 국민들이 원하는 건 팍팍한 세상 어떻게 하면 잘 살아갈 수 있을 지였다.

그래서인지 중소기업 성장 정책은 매년 단골손님처럼 등장하는 메뉴였다.

중소기업을 육성해 일자리를 창출하겠다.

그런데 오히려 정부에서 기술력 있는 중소기업의 제품을 무단으로 사용했다.

정부를 흠집낼 수 있는 기회였고, 60만 IT인들의 환심을 살 수 있는 찬스였다.

나선기 의원의 맹공 덕분일까. 목표했던 대로 Find bugs tool이 차지하고 있던 자리를 Fixbugs가 메워 나갔다.

하지만 거기까지였다.

"로드서치, 에이버, 신세기, 그리고 의원님까지 공통점이 있 더군요. 케이 소사이어티."

용호는 단도직입적으로 물었다.

"지금은 아닐세. 그때는 정치적 기반이 없었기에 어쩔 수가 없었어."

"그 말씀 정말 믿어도 되는 겁니까?"

"대방이를 보면 알지 않겠나."

나선기 의원의 말에 용호가 보고서 몇 장을 꺼내 들었다. 벤치마킹 자료였다.

한 장은 로드서치에서 Fixbugs를 평가한 자료였다. 그리고 나머지 자료들은 나선기 의원도 해석하기 힘들었다.

하나같이 어려운 기술 용어들로 도배되어 있었다. 용호가 꺼 내든 종이를 한 장씩 흔들며 설명을 시작했다.

"이건 나사에서 온 겁니다. 또 이건 쿠글에서 온 거고요. 마 지막에 보시는 건 세계 최대 SNS 회사 아시죠? 그쪽에서 저희 Fixbugs 벤치마킹 자료를 보내온 겁니다."

오로지 한국 기업인 로드서치에서만 Find bugs tool과 비슷 한 80점대를 받았다.

나머지 세 개 기업에서 받은 평균 점수가 90점대, 누가 봐도 잔뜩 의심이 갈 만한 자료였다.

　용호가 건네준 서류를 살피는 나선의 의원의 모습도 진중해졌다.

　"그런데 이런 자료들을 왜 나한테……"

　나선기 의원이 용호의 의도를 잘 모르겠다는 듯 물었다. 갑자기 찾아와서 왜 이런 자료들을 자신에게 주는지 잘 이해가 가지 않았다.

　"얼마 뒤 국회에서 대정부 질의가 있는 걸로 아는데… 미창부 장관이나 대기업 수장에게 정의가 살아 있다는 걸 보여줘야 하지 않겠습니까? 그리고 그 정의를 지키는 건 바로 의원님이 될 테고요."

　합의금은 당연히 받아야 할 권리다. 공식적인 사과는 사람이라면 당연히 해야 할 예의다. 영업정지는 못 시키더라도, 최소한 사과는 받아야 속이 풀릴 것 같았다.

　덤으로 나선기 의원을 스타로 만든다면, 일석이조의 효과였다.

　　　　＊　　　　　＊　　　　　＊

　한국 소프트웨어 산업을 발전시킨다는 명목하에 SW 진흥법 개정안이 발표되었다.

　개정안에는 중소기업을 지원하는 각종 정책들이 담겨 있었다.

하지만 현업에서 근무하는 사람들은 우려의 눈빛을 보낸 게 사실이다.

과연 법으로 해결될 수 있을까?

야당에서 발의하고 여당에서 수정되어 최초안과는 조금 달라졌지만 그래도 희망을 걸고 있는 사람들도 있었다.

관심을 가지고, 변화를 하겠다는 의지를 보인 것이니까.

"그런데 이게 뭡니까? BMT 하는 업체부터 독점적 지위를 누리고 있잖아요!"

"의원님, 그렇게 흥분하실 일이 아니라, 우리나라에 버그 분석 관련 소프트웨어의 품질을 테스트할 수 있는 업체가 전무하다시피 합니다. 그래서 로드서치라는 회사가 선정된 겁니다."

담당 장관의 말에 나선기 의원이 용호가 보내준 벤치마킹 자료를 책상 위로 올려놓았다.

수많은 카메라에서 플래시가 터지며 나선기 의원이 책상 위로 올려놓은 벤치마킹 자료를 찍어댔다.

소프트웨어에 대한 국민적 관심이 최고조에 이를 때였다. 한 바둑 기사와 인공지능의 대결이 대한민국을 뒤덮었던 게 불과 얼마 전이다.

소프트웨어의 '소' 자도 잘 모르는 오십 대의 중장년층도 컴퓨터라는 것에 깊은 관심을 보이기 시작했다.

그러한 때에 터진 불법 소프트웨어 사용에 대한 이슈였다. 그리고 연이어 터진 정부의 특정 기업에 대한 혜택은 국민들의 공분을 사기에 충분했다.

어찌 보면 나선기로서는 이슈를 선점할 수 있는 기회였다. 나선기 의원이 책상 위에 올려놓은 판넬을 손으로 가리켰다.

"보이십니까? 쿠글, 나사 등등에서 보내온 두 회사에 대한 벤치마킹 자료입니다. 두 회사의 성능이 이렇게 차이가 남에도 미창부에서 선정한 로드서치라는 회사 덕분에 Fixbugs라는 회사가 밀려났습니다."

나선기의 말에 반대편에 있던 여당 한 명이 소리를 질렀다.

"그래서 뭐, 정부에서 특혜라도 베풀었다는 말입니까? 나선기 의원 아들이 그곳에 근무하니까. 지금 그렇게 열을 내는 것 아닙니까!"

질의장을 가로지른 고성이 나선기 의원에게 도달했다. 수많은 언론사에서 생방송으로 보도되고 있는 대정부 질의 현장이다.

말 한마디로 스타가 될 수도 있지만, 혀를 잘못 놀린 대가로 국회의원 배지를 내려놓아야 할지도 모른다.

"자녀를 대기업에 특채로 보내신 분께서 하실 말씀이 아니신 것 같은데요? 그리고 제 아들놈은 Fixbugs가 매출이 전혀 없을 때부터 함께했던 놈입니다. 국민 여러분께서 그 정도의 분별은 해주실 거라 믿고 있습니다."

나선기는 이미 모든 상황을 가정하여 단단히 준비를 해온 듯했다. 정치적 명운을 걸고 정부를 질타했다.

자신의 아들이 Fixbugs라는 회사에 다니고 있다는 사실이 오히려 불리하게 작용할 수도 있었다.

하지만 그렇지 않을 수도 있다.

자, 봐라.

아들도 스타트업에서 근무하며 자신의 길을 개척해 나가고 있다. 고난의 길을 걸어 지금은 자수성가했다.

나도 그렇다.

그 이미지를 등에 업을 수도 있는 일이다.

꿀 먹은 벙어리가 된 여당 의원을 무시한 채 나선기 의원이 마저 하던 질문을 이어갔다.

"제 질문에 대한 답변을 해주실 차례입니다. 장관님. 왜 이렇게 성능 차이가 발생함에도 불구하고 로드서치가 선정된 겁니까? 이번 사건의 증인으로 채택된 신세기 정진용 회장을 이곳으로 불러들이지 못하는 이유는 또 무엇입니까."

장관은 선뜻 대답하지 못했다. 바로 뒤에 앉아 있던 실무자 한 명이 장관의 귀에 귓속말로 뭐라 뭐라 소곤거렸다.

"의원님께서 말씀하신 기업들은 모두 해외 기업입니다. 저희는 국내 소프트웨어 산업을 육성하기 위해서 해당 업체를 선정한 것뿐입니다. 그리고 정진용 회장은 이미 업무상 일이 있어 사전에 참석을 하지 못하겠다는 전갈을 보내온 상태입니다."

비슷한 말이었다. 단지 단어 몇 가지만이 바뀌었을 뿐이다. 똑같은 답변만이 계속되었다.

하지만 질문은 거기에서 그치지 않았다. 로드서치로 포문을 연 것뿐이었다. 불법 소프트웨어 사용에서부터, 협력 회사들에 대한 관리까지… 나선기 의원은 하나같이 팩트에 기반을 두어 용호가 알려준 사실들을 만천하에 공개했다.

꿀꺽.

긴장된 표정으로 TV를 확인하던 7급 공무원이 마른침을 삼켰다. 마침 자신이 근무하고 있는 대법원 전산정보센터가 협력회사 관리에 대한 예시로 나오고 있었다.

자신도 익히 알고 있는 얼굴이다. 얼마 전 기관으로 찾아와 한바탕 큰일을 치렀었다.

"왜, 나만 가지고 그러는 거야."

비명이라도 지르고 싶었다. 자신만의 문제가 아니다. 누구나 다 그렇게 한다.

제한된 예산에서 수많은 기능을 개발하기 위해서는 어쩔 수 없는 일이다.

하필이면 왜 내가, 재수가 없었다, 똥 밟았다고 생각해야 했다.

"앞으로 또 어떻게 될지……."

TV 속에서는 마치 직접 겪은 듯한 생생한 경험담이 나선기 의원의 입을 통해 들려왔다.

코드별로 검사를 했던 일들, 밤 11시에 보고서를 보내라고 한 사례, 계약 외의 기능을 개발해 달라고 했던 요청들, 온갖 부당한 점들이 까발려졌다.

실제 개발자의 녹취록까지 틀어가며 대법원 전산정보센터를 악의 구렁텅이로 몰아갔다.

"하아……."

태풍이 좀 지나가나 했다. 하지만 아직 아니었다.

꿀꺽.

또 다른 남자가 긴장된 표정으로 화면을 주시했다. 나선기 의원이 녹취록을 틀었을 때 발끝에서부터 밀려온 쾌락에 온몸 이 짜릿했다.

"진짜였네."

처음에는 믿지 않았다. 불법 소프트웨어를 사용하다 걸린 자신을 희롱하는 것이라 여겼다.

"국회 대정부 질의에 사용하려고 하는데 녹취록 하나 만들어 주실 수 있습니까?"

"노, 녹취록이요?"

"개발자분께서도 충분히 느끼고 계실 거라 생각합니다. 지금 의 현실이 이상하지 않나요? Fixbugs를 사용하면 빨리 해결될 문제를 왜 위에서는 Find bugs tool을 사용하라고 할까요. 왜 담 당자는 매일같이 찾아와서 문제를 해결하라며 닦달하고 우리는 밤 11시가 넘어서도 집에 가지 못할까요? 이러한 것들을 알리고 싶지 않으세요?"

"그, 그러고야 싶지만……."

밑져야 본전이라는 식으로 응했다. 녹취록을 작성해 주면 불법 소프트웨어 사용에 대한 책임을 묻지 않겠다는 말도 한 몫했다.

"잘한다, 잘해!"

화면 속의 나선기는 언성을 높이며 미창부 장관을 압박했다. 나선기 의원의 호통 한 번에 얼굴에 웃음꽃이 한 번씩 피어났다. 소프트웨어 산업을 발전시키겠다는 사람이 공공 SI에서 어떤 일이 벌어지고 있는지 알고 있는 사실이 하나도 없다며 질책했다.

—밤 11시까지 집에 가지 못하는 개발자들이 얼마나 많은지 장관은 알고 있습니까?

묵묵부답.

—장관은 왜 그렇게까지 하고 있다고 생각하십니까?

—그야……

—인터넷만 빠르면 IT 강국입니까?

"속이 다 후련하네."

저 자리에 자신이 앉아 있었다면 했을 법한 말들이 나선기 의원의 입에서 흘러나오고 있었다.

마치 실제로 경험한 듯한 사례들이 생생하게 방송을 통해 흘러나왔다. 그럴 수밖에 없다. 대부분이 자신이 한 이야기들로 구성되어 있다.

"나선기 의원, 괜찮은데."

한 명의 지지자가 생겼다. TV를 보고 있던 한 명 한 명이 지지자로 변하려 했다.

온 가족이 TV 앞에 둘러 모여 앉아 있었다. 조그마한 아기부터 반백의 머리를 한 어르신까지 나이대도 다양했다.

"사돈어른이 아주 청산유수시네."

장인어른의 말에 나대방은 그저 좋은지 웃음을 흘렸다.

"하하, 제 아버지지만 정말 말은 잘하시는 것 같네요."

"이제 대통령 하셔도 되겠어."

"장인어른도 그렇게 생각하십니까?"

나대방이 은근히 최혜진의 아버지, 장인어른의 옆으로 다가가 앉았다.

그 뒤편에 앉아 있던 최혜진이 눈빛이 매서워졌다.

"당연하지. 저 말솜씨하며 박력 있는 모습까지. 어떻게, 대선 출마는 어쩌신다던가?"

뒷통수에서 느껴지는 따가운 눈초리를 느꼈는지 나대방이 어깨를 으쓱하며 한발 물러섰다.

"정치에 관해서는 통 말씀을 안 해주셔서 저도 잘……."

"그러지 말고 말 좀 해보게."

이번에는 장인어른이 나대방에게 다가갔다. 그 모습을 보던 최혜진이 소리를 빽 질렀다.

"아빠! 그놈의 정치 얘기는! 무슨 대통령 되는 게 쉬운 일도
아니고, 그리고 그 가족들이 얼마나 힘들지 생각은 하고 말하
는 거야!"

"흐, 흠, 흠."

최혜진의 말에 장인어른이 나대방에게서 떨어져 TV에 시선
을 집중했다.

마침 대정부 질의도 끝을 향해 가고 있었다.

"의원님 질의 시간 20분 끝났습니다."

나선기 의원 앞에 있던 마이크의 불이 꺼지고 더 이상 방송
을 통해 아무런 말도 들을 수 없었다.

마이크를 통해 말을 할 수 없자 나선기 의원은 한껏 목청을
높인 채 마지막 말을 던졌다.

"지금까지 제가 제시한 증거 자료들은 모두 사본으로 저장되
어 있으니 관심 있는 기자 분들은 질의가 끝나고 의원실로 찾
아와 주시기 바랍니다."

그 말을 끝으로 나선기 의원의 발언 시간이 모두 끝을 맺었
다. 그 뒤로 몇몇 형식적인 질문들이 오가고 대정부 질의 시간
도 마무리되었다.

*   *   *

아침 일찍 출근한 나대방이 눈을 반짝이며 용호에게 다가

왔다.

"형님, 포털 사이트 보셨습니까? 또 실검 1등인데요."

"어디 보자."

포털 사이트에 접속을 해보니 과연 실검 1위를 차지하고 있었다. 거기에는 용호의 이름도, 나대방의 이름도 올라가 있었다.

물론 나선기 의원의 이름도 빠지지 않았다. 사이트를 확인한 용호가 아침으로 가져온 샌드위치를 베어 물었다.

"나선기 의원님이 참 도움이 많이 되네. 이거 후원이라도 해드려야 하는 거 아닌지 몰라."

"지금 당장은 어려울 겁니다. 함부로 후원했다가 여론의 후폭풍을 맞을 수도 있고요."

"그래도 뭔가 사례를 하고 싶은데……."

용호는 샌드위치를 우물거리며 인터넷을 뒤적거렸다. 나선기 의원의 대정부 질문이 회사 차원에서 큰 도움이 되었다.

실검 1위는 곧 매출 향상으로 나타날 것이다.

정부와의 계약도 순조로웠고, Find bugs tool에서 지급되는 합의금도 아무 문제없이 통장에 안착되었다.

"정 그러면 나중에, 나중에 한번 도와주십시오. 그때처럼 선거 캠프가 꾸려지면 형님 도움이 필요할 겁니다."

용호는 단박에 알아들었다. 이미 나선기 의원으로부터 몇 번 언질을 받은 적도 있었다.

"그러지 뭐, 어려운 일도 아니고. 그나저나 케이 소사이어티란 곳에서 우리를 적이라 생각하는 건 아닌지 몰라. 이곳저곳을 다 들쑤시고 다녔으니 말이야."

"지들이 별수 있겠습니까."

"그래야 할 텐데……."

용호는 자신의 걱정이 그저 기우로 끝나기를 바랐다. 하지만 기우가 아니어도 상관없다.

어떤 어려움이나 난관도 더 이상 자신을 가로막지는 못할 테니까.

"처음으로 가는 워크샵 날까지 무슨 걱정을 그렇게 하십니까. 지금 버스 출발한다고 합니다. 저희도 출발하죠."

"그러자."

나대방의 말에 편한 복장으로 대기를 하고 있던 카스퍼스키와 제임스도 자리에서 일어났다.

일도 잘 마무리되었겠다, 신입 사원들도 들어왔겠다… 용호는 4박 5일의 워크숍을 기획했다.

장소는 제주도, 일정은 4박 5일, 2박 3일은 완벽한 자유 여행으로 조별로 카드를 주고 가고 싶은 곳을 가도록 했다.

그리고 나머지 2박은 일명 해커톤을 할 예정이었다.

해커톤.

해킹(hacking)과 마라톤(marathon)의 합성어로 개발자, 기획자, 디자이너들이 팀을 꾸려 짧은 시간에 프로토 타입의 소프트웨어를 개발하는 일을 말한다.

해커톤에서 우승하는 조원들에게는 각각 천만 원의 포상금이 그 자리에서 지급되도록 했다.

　워크숍이지만 들떠 있는 기색이 보이지 않는 이유였다. 오히려 우승을 하겠다는 비장함이 버스를 탄 직원들의 얼굴에 드리워져 있었다.

Chapter 9
해커톤

나대방의 불만이 이만저만이 아니었다. 옆에서 용호가 보기에도 의자에 앉아 있는 나대방의 모습이 조금은 안쓰러웠다.

"그냥 비즈니스석이라도 타자니까……."

"회사 차원에서 갈 때는 안 된다고 몇 번을 말해. 우리만 가는 것도 아니고."

"아오… 저기 좀 봐요. 제임스도 불편해하잖아요."

카스퍼스키는 조용히 앉아 책을 보고 있었다. 문제는 제임스와 나대방이었다.

거대한 덩치를 수용하기에 이코노미 클래스는 너무 작았다.

"어차피 얼마 걸리지 않잖아. 조금만 참자, 응?"

"내가 진짜 형님만 아니었으면."

씩씩거리던 나대방이 눈을 감고 잠을 청했다. 직원들과 함께 움직여야 한다는 용호의 방침으로 인해 직원들과 같은 이코노미 클래스에 탑승했다.

함께 가는 워크숍에 사장이라고 퍼스트 클래스를 타고 이동한다면 기존 대기업 회장들과 다를 바가 없다는 생각도 일정 부분 작용했다.

툴툴거리던 나대방이 눈을 감고 잠을 청하자 용호도 그제야 창밖을 통해 하늘 아래를 바라보았다.

'사장이 돼서 제주도까지 가게 되다니.'

감개무량했다. 나대방의 불만도 사실 귀에 잘 들어오지 않았다. 매일같이 사무실에 앉아 코딩만 하다 보면 가끔은 정말 스스로가 한 회사의 사장인지 잊어버릴 때도 있다.

다른 회사를 찾아갈 때면 다시 인식하고는 했다.

내가 사장이 맞구나.

오늘따라 그런 느낌이 더욱 절절하게 느껴졌다. 감상에 젖어 있던 용호가 고개를 뒤로 젖히고 주변을 살펴보았다.

창밖에서 눈을 떼지 못하고 있던 서보미가 눈에 들어왔다.

서보미의 눈이 하늘 위에 떠있는 구름을 향해 있었다.

'제주도라니······.'

이제는 아련해진 기억이 머릿속을 채워 나갔다. 아직까지 그때의 일만 생각하면 귀가 욱신거리고 두려움이 밀려왔다.

제주도에 점점 가까이 갈수록 등 뒤에서는 식은땀마저 흘러내리려 했다.

'그래도 천만 원이라니, 그 돈만 있으면 학자금 대출은 끝낼 수 있겠다.'

서보미에게 천만 원은 소중했다. 지방 소도시에서 자영업을 하시는 부모님은 그리 많은 돈을 벌지는 못하셨다. 그저 두 분 먹고사는 데 지장이 없을 정도다.

거기에 자신이 입을 보태면 힘들어지는 게 당연지사. 서보미는 부모님의 기쁨이고 싶지, 짐이 되고 싶지 않았다.

'그나저나… 바다에는 들어가지 말아야 할 텐데.'

시간이 많이 지나 트라우마도 희미해져 가고 있었다. 하지만 아직 물에 들어가는 것만은 힘들었다.

극복해야 될 걸림돌이었지만 지금은 그것 말고도 신경 써야 할 게 많았다.

'여전히 아름답구나… 그래, 네가 무슨 죄가 있겠니.'

여전히 아름다운 자태를 자랑하는 제주도의 풍광이 서보미의 두 눈으로 들어왔다. 곧 이어 비행기는 공항에 착륙했고, 비장해 보이던 직원들의 얼굴에도 차츰 들뜬 기색이 서리기 시작했다.

공항에서 내린 카스퍼스키의 감상은 짤막했다.

"좋네."

옆에 서 있던 제임스도 신이 나는지 일행들을 재촉했다.

"좋다, 어서 바다 보러 가자."

"일단 호텔에 짐부터 풀고."

이미 공항 입구에 사전에 대절해 놓은 버스가 준비되어 있었다. 용호는 버스에 짐을 싣고 올라타기 전 길게 심호흡을 해보았다.

주변 차들이 뿜어내는 매연에 퀴퀴할 법도 하건만, 제주도에 왔다는 느낌 때문일까.

향긋한 바다 냄새가 느껴지는 것 같았다.

*　　　　*　　　　*

호텔은 바닷가 바로 앞에 자리 잡고 있었다. 특별히 호텔에 큰 신경을 쏟았다.

꼭 모든 방을 바다가 보이는 오션 뷰로 예약했다. 아름다운 풍경을 보며 휴식을 취하라는 뜻이었다.

서보미 역시 바다가 보이는 방 한 곳에 짐을 풀었다.

"보미 씨 나가요. 다들 기다리고 있어요."

"네?"

"여기까지 왔는데 바다 구경 안 갈 거예요?"

동료의 말에 서보미가 주춤거렸다. 이미 바다에는 가지 않기로 마음을 먹고 왔다. 가방에 넣어온 노트북을 꺼내던 참이었다.

"저, 저는 그냥 방에 있는 게 좋아서……."

"에이, 그러지 말고 그냥 가요. 이번 기회에서 서로 친해지고 좋잖아요."

여직원 한 명이 서보미의 팔을 잡고 끌어당겼다. 그렇게까지 하자 서보미도 더 이상 거부하기 힘들었다.

'그래, 어차피 한 번은 넘어야 할 산이니까.'

언제까지 피하기만 할 수는 없다. 차라리 잘됐다고 생각했다. 서보미는 못 이기는 척 자리에서 일어났다.

이코노미석의 불편함을 금세 잊은 듯 나대방이 감탄사를 쏟아 냈다.

"이야, 역시 세계 7대 자연 경관에 뽑힌 제주도답네요."

"그 투표가 어떻게 진행됐는지 알고 하는 말이냐?"

"아고, 형님. 여기까지 와서 그런 생각입니까? 그냥 즐기세요. 가끔은 모든 걸 내려놓고 그저 받아들이는 것도 필요합니다."

나대방의 말에 제임스도 한마디 거들었다.

"맞다, 용호. 지금은 그저 자연이 주는 은혜를 느끼면 되는 거다."

"여기까지 와서 그런 소리 할 거면, 그냥 다시 돌아가."

카스퍼스키의 마지막 말이 결정타였다. 용호는 그저 조용히 입을 다물고 끝없이 펼쳐진 수평선을 바라볼 수밖에 없었다.

"이거, 추워서 바다에는 들어가지도 못하겠네요."

말을 하던 나대방이 제임스와 눈을 마주쳤다.

"춥다. 누가 들어가서 바다에 들어갈 수 있을지 확인해야 한다."

용호는 그 둘의 대화는 신경도 쓰지 않았다. 그저 모래사장 너머 보이는 수평선을 보며 과거를 회상하고 있을 따름이었다.

"그러니까, 솔선수범이 필요한 상황이네."

말을 마친 나대방이 득달같이 용호에게 달려들었다. 이내 제임스도 합세해 용호를 옴짝달싹 못하게 부여잡고 모래사장 너머 파도가 밀려오는 바닷가로 질주했다.

용호의 등과 바닷물이 부딪치며 철썩거리는 마찰음을 뒤덮는 비명 음이 들려왔다.

"꺄아아악!"

뜬금없는 소리에 다들 누가 소리를 질렀는지 찾기 위해 두리번거렸다.

서보미였다.

서보미가 질색 팔색을 하며 비명을 질렀다. 차가운 바닷물이 몸에 묻은 것치고는 너무 격한 반응이었다.

사람들의 의아한 시선을 한 몸에 받아야 했다.

"허억… 허억……."

수 초도 지나지 않아 비명은 호흡 곤란으로 이어졌다. 깊지 않은 곳이었다. 용호도 이내 정신을 차리고 모래사장으로 나와 서보미에게 다가가 보았다.

"보미 씨, 정신 차려 봐요. 괜찮아요?"

서보미는 대답하지 못한 채 허리를 숙인 채 가슴을 두드리고 있었다. 그래도 답답함이 풀리지 않는 눈치였다.

"응급차! 빨리 응급차부터 불러!"

용호가 급하게 나대방에게 지시했다. 나대방이 전화를 걸려는 찰나, 서보미가 손을 들어 저지했다.

"저, 저는 괜찮아요. 그러지 않아도 됩니다."

서보미가 고통스러운 표정으로 겨우 조금씩 고개를 들기 시작했다. 물 조금 튄 걸로 과민 반응을 보이는 서보미의 모습에 주변인들은 하나같이 영문 모를 표정이었다.

용호가 고개 숙인 서보미의 몸을 부축하며 물었다.

"왜 그래요? 어디 몸이 안 좋아요?"

뭔가 다른 이유가 있을 것이라 생각하는 것이 타당했다. 물이 튄 것이 아닌 건강상에 문제를 의심할 수밖에 없었다.

잠시 시간이 지나자 서보미가 차츰 안정을 찾는 듯 보였다. 당황하던 사람들도 진정하기 시작했다.

"저, 정말 괜찮습니다."

서보미는 괜찮다고 말하며 바다 쪽으로 한 발 더 내디뎠다. 부축하고 있던 용호는 똑똑히 볼 수 있었다.

날이 서늘한 가을 날씨다. 그런데 서보미의 등은 한여름을 연상케 할 만큼 축축했다.

식은땀을 흘리고 있다는 증거였다.

"힘들면 들어가서 쉬어요."

한 발씩 걷고 있는 서보미를 용호가 만류했지만 소용이 없었다. 왜 자꾸 바닷가 쪽으로 걸어가려 하는지 전혀 감이 오지 않았다.

"여, 여기까지 왔는데 바닷물에 발은 한번 적셔봐야죠."

집요한 오기가 느껴지는 말이었다. 그사이 서보미는 기어이 바닷물에 발을 적셨다.

"시원하고 좋네요."

그게 정신을 놓기 전 서보미가 한 마지막 말이었다.

*　　　　*　　　　*

서보미가 눈을 뜨자마자 용호가 물었다.

"왜 그랬습니까?"

용호의 질문에서 서보미는 알 수 있었다. 다 들었구나.

"언제까지 피할 수만은 없잖아요. 과거의 기억으로 바다가 주는 즐거움을 느끼지 못한다면 오히려 손해니까."

"……"

"청각을 잃은 만큼, 촉각이나 시각 같은 다른 감각에 민감해졌어요. 바닷물이 주는 시원함을 꼭 느끼고 싶었고요."

용호는 조용히 듣고만 있었다. 방금 전 서보미의 부모님과 했던 통화가 머릿속으로 오버랩되었다.

"그게 다예요."

별것 아닌 듯 담담하게 말하고 있지만 용호는 알고 있었다. 얼마나 큰 두려움이 서보미의 앞에 있었을지 짐작조차 되지 않았다.

바다에 들어간다는 건 서보미에게 죽음을 향해 걸어들어 가는 것과 같았다.

"뭐든 그렇게 넘어서고 극복해야 직성이 풀리는 겁니까? 가끔은 그냥 모른 척하고 넘어가도 되잖아요. 힘들면 피해도 되지 않습니까."

엄한 데 화풀이를 하는 것 같았지만 말하지 않을 수 없었다. 위태롭게 외줄을 타는 듯한 서보미의 모습에 용호의 언성이 높아졌다.

"혼자니까… 저는 청각을 잃으면서 사람도 잃었습니다. 힘들다고 기댈 수 있는 친구가 없어요. 아! 한 친구 있긴 하네요."

방금 깨어나서인지 얼굴이 창백했다. 얼굴에 핏기 하나 없는 채로 말을 이어나가는 모습이 너무 안쓰러워 용호는 차마 더 이상 뭐라고 말할 수가 없었다.

조용히 앉아 있는 용호에게 서보미가 읊조렸다.

"사장님은 모르실 겁니다."

그 한마디에 서보미의 심경이 담겨 있었다. 용호는 그저 애처로운 눈빛으로 서보미를 바라볼 뿐이었다.

서보미가 다니고 있는 회사의 사장이라는 말에 어머님의 목소리가 한층 공손해졌다.

"아, 사장님께서 어쩐 일로 전화를 다 주셨습니까."

용호는 망설였지만 이내 결론을 내렸다. 자식의 생사는 무엇보다 중요하다. 만약 자신이 부모라 생각해 봐도 자식에게 무슨 일이 생기면 가장 먼저 듣고 싶을 것이라 여겼다.

"정말 죄송한 말씀입니다만, 서보미 씨가 바닷가에서 정신을 잃고 쓰러졌습니다."

"…네, 네?"

"별다른 외상이 있는 건 아닙니다. 단지 서보미 씨가 바닷물에 발을 담그고는… 바로 기절을 해버려서. 잘 부축해서 현재 병원에 와 있으니 크게 걱정은 하지 않으셔도 될 겁니다. 병원에서도 아무 이상이 없다 하고요."

한동안 전화기에서는 아무런 말도 들려오지 않았다. 용호는 서보미의 어머님이 말할 때까지 가만히 기다렸다. 수분이 지나지 않아 물기 가득한 어머님의 목소리가 수화기를 통해 들려왔다.

"그렇게 들어가지 말라고 했는데… 결국 바다에 들어갔나 보군요."

"네?"

용호의 반문에 서보미의 어머니가 찬찬히 이야기를 전했다.

"아마 대학생 때였을 거예요. 등록금이 부족해 휴학을 했습니다. 아르바이트를 해서 겨우 등록금을 모으고, 남는 돈으로 친구들과 제주도를 간 적이 있었습니다. 수영도 못하는 애가 무슨 바람이 들었는지 바다에 들어갔고… 다행히 목숨은 살렸지만 귀가…….

서보미의 어머님은 끝내 말을 잇지 못했다.

"우, 우리 딸을 잘 부탁드립니다. 사장님."

그 말을 끝으로 전화는 끊어졌다. 용호 역시 더 이상 전화기를 붙들고 있을 수 없었다.

"⋯⋯"

누군가는 불의의 사고로 능력 중 하나를 잃었다. 그리고 자신은 불의의 사고로 특별한 능력을 얻었다.

새삼 세상 돌아가는 원리가 의식 속으로 파고들었다.

＊　　　　　＊　　　　　＊

달콤한 시간은 빠르게 지나가는 법이다. 이른바 주관적 시간인 '카이로스'다.

해커톤 행사 전 자유 시간은 빠르게 지나갔다.

몇 차례 소란이 있었지만 크게 다친 사람은 없었다. 하루 동안 휴식을 취한 서보미 역시 한결 나아진 모습으로 워크숍 행사로 복귀했다.

서보미에게 이번 워크숍에서 가장 중요한 건 해커톤 행사, 그곳에서 1등을 하는 것이다.

"처음 하는 행사이니 만큼 특별한 주제는 정하지 않았습니다. 기존 공지했던 대로 자유 주제로 진행할 것입니다. 우승 상금은 인당 천만 원, 그리고 해당 결과물이 메인 프로젝트로 승격되어 회사의 또 다른 신사업으로 수익을 창출한다면⋯ 그만큼의 인센티브가 별도로 지급될 것입니다."

대강당에 모인 사람들은 용호의 말을 한 자도 놓치지 않겠다는 듯 경청했다.

프로의 실력은 곧 연봉으로 나타난다. 갓 고등학교를 졸업한 선수들이 연차가 높은 선임들보다 연봉을 많이 받는 경우도 비일비재하다.

용호도 비슷한 방식으로 회사를 운영하고자 했다. 실력 있는 프로 개발자에게는 그만큼의 대우를 약속한다.

이번 해커톤 행사 역시 마찬가지였다,

"그럼 여러분의 실력을 마음껏, 펼쳐주시기 바랍니다."

간단한 용호의 개회사가 끝나고, 사위는 개미 소리 하나 들리지 않을 만큼 조용해졌다.

*   *   *

대부분 두세 명이 한 조가 되어 해커톤을 진행했다. 간혹 혼자서 일을 진행하는 사람도 있었다.

회사의 인원 자체가 많지 않았다. 많지 않은 인원의 대부분이 개발자들로 채워진 상황이다.

기획자나 디자이너는 부족했고, 개발자는 많았다. 서보미는 기획자나 디자이너가 필요치 않은 OS 개발을 주제로 삼았다.

UI와 비교하자면, 안정성과 정말 제대로 부팅이 되는지가 OS 개발의 중요 과제였다.

더욱이 혼자서도 할 수 있다는 점도 메리트로 다가왔다.

'간단하게 부팅이 되는 정도로 만드는 대신, 클러스터링과 컨

테이너 기술을 접목해서 핵심 기능만 심플하게 구성되도록 해야겠어.'

딥 러닝을 공부하며 알게 된 분산 처리를 OS 차원에서 지원하도록 만들어볼 작정이었다.

OS, 이른바 Operating System(운영체제).

흔히들 프로그램의 총아라고 불릴 만큼 초고도 기술이 필요한 분야였다.

하드웨어 계층, 응용 프로그램 계층 사이를 연결하여 우리가 흔히 사용하는 웹이나 앱, 윈도우 프로그램들이 돌아가도록 만드는 역할을 수행한다.

부트로더 작업에서부터 커널 로드, 그리고 메모리나 CPU 같은 시스템 자원 관리까지… 말만 들어도 머리 아픈 작업이었다.

바로 서보미가 이번 해커톤을 위해 준비한 비장의 카드였다.

'먼저 부트로더를 만들고.'

거의 모든 컴퓨터가 구동을 시작하면 첫 번째 하는 일이 ROM(Read—Only Memory)이라는 것에 쓰인 BIOS가 하드웨어들의 이상 유무를 확인하는 일이다.

메인보드에 장착되어 있는 RAM(Random Access Memory)이나 HDD, 비디오 카드나 네트워크 카드가 제대로 꽂혀 있는지를 체크한다.

제대로 장착이 되어 있지 않다면 '삐빅, 삐빅'거리는 소리를 내며 비정상적인 상황을 사용자에게 알린다.

Power On Self Test, 일명 POST라고 하는 작업이 바로 그 것이다. 이 작업이 끝나고 나면 그다음으로 하는 것이 부트로 더를 찾는 것이다.

'그다음 MBR(Master Boot Record)을 고치고.'

그다음 MBR이라는 것이 메모리에 올라간다. 이제 MBR 안에 있는 코드가 실행되며 우리가 사용하는 컴퓨터처럼 화면을 통해 입출력을 받을 수 있는 상태로 만드는 것이다.

'예상대로 쉽지 않네.'

이제 겨우 MBR을 메모리에 올렸다.

0x07C0.

MBR이 올라가 있는 메모리 주소였다. MBR은 0x07C0에 올라가도록 정해져 있다.

이제 커널을 로드할 차례였다.

해커톤이라 해서 무작정 직원들에게만 맡겨두지는 않았다. 시니어급 개발자들이 돌아다니며 개발 도중 막힌 부분이나, 궁금한 것들에 대해 물어볼 수 있도록 조치했다.

용호나 손석호도 그중 하나였다.

나대방도 그중 하나여야 했으나, 직원들과 함께 해커톤에 참여하고 있었다.

"꼭, 해야겠냐?"

"형님도 결혼해 보면 알게 되십니다."

우승 상금을 꼭 따내겠다는 열의가 대단했다. 오랜만에 보는 불타는 모습이었다.

용호가 고개를 흔들며 지나가려 했으나 발걸음을 멈출 수밖에 없었다.

"야, 너는 또 왜 거기 앉아 있어."

카스퍼스키도 자리에 앉아 챙겨 온 노트북을 꺼내 들고 해커톤에 참가하고 있었다.

"가르쳐 주는 건 귀찮아."

"…이, 어차피 너는 상금 없는 거 알지?"

카스퍼스키는 회사의 이사급 인원이다. C 레벨을 달기 싫어했기에 굳이 직책을 맡기지는 않았다. 대신 연봉만큼은 C 레벨 그 이상을 지급했다.

"그래, 어차피 연봉으로도 충분하다."

나대방이 슬쩍 카스퍼스키에게 도움을 요청했다.

"그러면 내가 개발하는 거나 좀 도와줘."

"내가 왜."

하지만 일언지하에 거절당했다.

"말한 내가 잘못이지."

함께 게임을 하며 친분을 쌓았다고 생각했다. 그 생각이 단번에 날아갔다.

대강당을 둘러본 결과 대부분이 서비스 기반의 앱이나 웹을 만들고 있었다.

특별한 기술이 필요한 것이 아니라, 톡톡 튀는 아이디어를 통해 서비스를 만들어내는 것에 골몰했다.

겨우 2박으로 진행되는 해커톤이기에 충분히 납득이 갈 만한 일이다.

하지만 그 속에서도 기술 기반의 해커톤을 진행하는 이들이 몇 있었다.

나대방도 그랬고, 서보미도 마찬가지였다.

"OS를 만든다고요?"

"네, 예전에 사장님께서 한번 공부해 보라고 하셔서 퇴근 후에 나름 연구를 해봤습니다."

"그게 이틀 동안 될 리가……."

용호의 걱정을 충분히 알고 있다는 듯 서보미가 대답했다.

"꼭 만들 겁니다. 이건 제 자신과의 약속이기도 하고요."

간단한 부팅만 되는 miniOS라면 만들 수 있을 것이다. 하지만 해커톤이다. 개발에 능숙한 개발자들이 모여 학교에서 학생들이 과제로 할 법한 miniOS를 만들고자 하는 건 아니었다.

용호는 서보미가 어떤 OS를 만들려고 하는지 궁금했다.

"어떤 OS를 만들려고 하는지 들어볼 수 있을까요?"

서보미는 일분일초가 아까운 상황이다. 계속해서 말을 거는 용호가 귀찮아지려 했지만 회사의 사장이다.

"Clustering 및 컨테이너 기술에 특화된 OS를 만들어보려고 합니다."

서보미는 더 이상 대화하지 않겠다는 듯 용호에게서 시선을 거둬들였다.

청각에 불편함을 가지고 있는 서보미다. 보지 않고는 말할 수 없다. 보지 않는다는 건 더 이상 대화를 하지 않겠다는 의미였다.

"그, 그래요. 열심히 해보세요."

포부 자체는 대단했다. 그 포부가 너무 커 용호는 얼떨떨할 뿐이었다.

운영체제의 핵심 중 하나가 커널이다. 컴퓨터 화면에 키보드로 타자를 치고 마우스를 움직이고, 음악을 듣고, 동영상을 보고 인터넷을 보기 위해서는 커널이라는 것이 필요하다.

커널을 통해 컴퓨터에 꽂힌 사운드 카드에 소리를 내도록 명령을 내린다. 마우스를 움직이도록 하는 것도 마찬가지다.

스마트폰에서 우리가 터치를 통해 조작을 할 수 있는 것도 모두 이 커널이 존재하기 덕분이다.

흔히 새로운 장치를 꽂으면 드라이버를 설치하라고 한다. 바로 이 드라이버가 커널에 설치되는 것이다.

'커널 코드 작성도 끝났고.'

MBR(Master Boot Record)은 512바이트를 넘을 수 없다. 512바이트 안에 운영체제의 모든 것을 다 넣고 처리하기란 불가능하다. 그래서 MBR에는 커널 코드가 있는 부분을 가리키는 주소가 들어가 있다. 해당 주소를 따라가 커널 코드를 로딩시키는 것이다.

수많은 제약 사항이 존재하고, 메모리 주소를 자칫 잘못 참조했다가는 멈추기 일쑤였다.

응용 소프트웨어의 버그를 찾는 것처럼 로그를 마음대로 찍어볼 수도 없다.

512바이트의 제한처럼 커널 코드도 최대한 최적화를 해야 한다.

로그는 용량을 차지하는 적이다.

커널 프로그래밍을 하는 사람들이 하는 격언 중 하나다.

'삑 났네.'

Booting from Hard Disk⋯
Boot failed : could not read the boot disk
FATAL : No bootable device

'아, 맞다.'

다행히 이미 겪어본 적이 있는 문제였다. MBR의 512바이트 중 510번째부터 마지막 두 바이트는 0xaa55로 끝나야 했다. 그 부분이 잘못된 것이다.

'휴우, 다행이야.'

서보미의 예상이 맞았다. aa55로 끝나야 할 부분에 오타가 들어가 있었다.

여기까지가 우리가 흔히 컴퓨터를 부팅할 때 일어나는 가장 기본적인 작업이다.

기본이라는 말이다. 실제 상업적으로 사용되는 운영체제는 최적화된 메모리 관리, 하드웨어를 꼽자마자 드라이버가 설치되도록 하는 Plug&Play 기능 지원, 파일 시스템, 메모리 관리 등 수많은 기능들이 들어가 있다.

서보미 혼자 할 수 있는 일이 아니었다.

새벽 세 시.

아무리 밤을 새서 하는 해커톤이라지만 최소한의 잠은 필요하다. 새벽 세 시, 모두가 잠들 시간이다. 더욱이 오늘은 첫날, 일정은 내일 모레 정오까지다.

자리에 남아 있는 사람의 숫자는 한 손에 꼽을 정도였다.

"야, 너 진짜 타먹으려고 그러냐? 왜 이렇게 독하게 해."

나대방이 새벽까지 돌아가지 않고 개발에 열중하고 있었다. 나대방도 시니어급 개발자, 카스퍼스키와는 다르게 특별히 제지하지 않았다.

나대방은 용호에게 특별했다. 그가 하는 일에 최대한의 자율성을 부여했다.

"형님, 저 한 가정을 책임지고 있는 가장입니다."

당당한 나대방의 말에 용호가 오히려 말문이 막혀 버렸다.

"너 월급이 부족하냐? 너한테 들어간 돈만 해도 얼만데."

다른 직원들도 몇몇 자리에 앉아 있었기에 용호는 거기서 말을 멈추었다.

자릿수가 달랐다. 억 대가 아니었다.

"아이 한 명 키우는 데 평균 이억 든다고 합니다. 이억, 저는 최소 다섯 명은 낳을 생각입니다. 그러면 평균적으로 쓴다고 해도 자그마치 십억이 듭니다. 평균적이 아니라 조금 더 나은 환경에서 키우려면 얼마가 드는지 감이 오십니까?"

그제야 용호도 나대방이 장난이 아니라는 사실을 깨달았다. 그리고 또 다른 의미로 기가 막혀 말이 나오지 않았다.

애 한 명 키우는 데 평균 이억이라니.

자신이 사장이 아니었다면 아이 낳을 생각조차 하지 못했을 것이다.

용호가 졸고 있는 서보미의 어깨를 흔들었다. 여기서 뼈를 묻겠다는 심산인지 키보드를 두드리다 잠이 들어 있었다.

"서보미 씨, 보미 씨."

어차피 들리지 않을 걸 알기에 용호는 좀 더 강하게 어깨를 흔들었다. 너무 가녀린 어깨였다. 손으로 잡는 순간, 괜히 울컥하는 마음이 일어났다.

고개를 꾸벅이며 졸고 있던 서보미가 겨우 잠에서 깨어난 듯 눈을 비비며 일어났다.

"아, 사장님."

"너무 무리하는 거 아닙니까? 어차피 내일도 있으니까. 들어가서 한숨 자고 오세요. 몇 시간 전까지 병원에 누워 있던 사람이 여기서 이러고 있으면 어쩝니까."

"해야 할 게 있어서… 이 부분만 마무리하고 들어갈 생각이었습니다."

화면을 보니 이제 부팅은 되는 듯했다. 클러스터링을 위한 프로세스를 띄우는 작업을 진행 중인 듯 보였다.

"내일 하세요, 내일. 그리고 밥은 먹고 다니는 겁니까? 왜 이렇게 말랐어요."

"......"

용호도 아차 싶었다. 선을 넘은 참견인 듯했다. 용호가 민망함에 말을 더듬었다.

"아, 아니 제 말은 바, 밤을 새려면 체력이 중요한데 너무 말라 보여서 그럴 체력이 있나, 그, 그래서 하는 말입니다."

"알겠습니다. 건강도 챙기면서 하도록 하겠습니다."

"그, 그러니까요. 제 말이 그 말입니다. 또 서보미 씨가 쓰러지면 보미 씨 어머니가 저를 뭐라고 생각하겠습니까. 악덕 사장이라 생각할 거 아니에요."

용호가 애써 부끄러움을 감추려는 듯 목소리를 키웠다. 조용한 새벽 시간이다. 더군다나 사람도 몇 없는 상황이다. 직원들이 용호와 서보미를 쳐다보기 시작했다.

괜한 오해를 사기 싫었던 용호는 빠르게 서보미를 지나칠 수밖에 없었다.

*　　　　*　　　　*

클러스터링.

여러 대의 컴퓨터를 묶어 마치 한 대의 컴퓨터로 사용하는 것처럼 하는 것을 말한다. 최근 화제가 되고 있는 가상화의 개념과도 일맥상통하는 것이다.

분산 처리, 병렬 처리 역시 비슷한 말이다.

결국 중요한 것은 단일 컴퓨팅 파워로 처리하기에는 고비용이 들기 때문에 여러 대의 컴퓨터로 나눠서 처리하겠다는 말이다.

이처럼 말로는 쉽다.

이걸 실제로 구현하는 건 또 다른 차원의 문제였다.

'내가 너무 안일하게 생각했나.'

서보미의 자리 위에는 세 대의 스마트폰이 놓여 있었다. 모두 구형으로, 출시된 지 사 년은 지난 것들이었다.

이번 OS 작업을 돌려보기 위해 중고나라에서 오만 원씩 주고 산 제품들이었다.

'부팅은 되는데……'

부팅까지는 성공했다.

화면에는 부팅 시 찍도록 한 문자열인 'Hello World'가 선명하게 찍혀 있었다.

그다음 작업이 일부터 백만까지의 덧셈 계산이었다. 스마트폰도 모바일 AP가 장착되어 있다. 일종의 컴퓨터인 셈이다.

서보미는 스마트폰 세 대를 자신이 만든 OS로 클러스터링시킬 생각이었다.

'클러스터링은 안 되는 건가.'

차별화 포인트인 클러스터링이 되지 않았다. 물론 클러스터링을 시키는 소프트웨어들도 별도로 존재한다. 서보미가 만들고자 하는 것은 OS 차원에서 분산 처리를 간편하게 사용할 수 있도록 만들고자 하는 것이다.

서버의 분산 처리 중요성이 날이 갈수록 중요해지고 있기에 선택하였다.

사실 일반 데스크톱 컴퓨터에서 돌아가는 OS에서 제일 중요한 점은 안정성과 호환성이다. 클러스터링은 고려 대상도 아니었다.

'분명 마스터 노드 쪽은 이상이 없는데……'

서보미가 설계한 바에 따르면 관리하는 프로세스가 일을 분산시키고, 나머지 스마트폰이 worker로 작업을 진행한다.

문제는 관리 노드에서 일을 분배하지 못했다.

'하아……'

어느새 시간은 새벽 5시가 넘어 동이 터오기 직전이었다.

용호가 자신도 모르게 입 밖으로 말을 내뱉었다.

"이제야 가나 보네."

그러고는 서둘러 입을 다물었다. 혹시 다른 직원들이 들었을까 주변을 살펴보았다.

두세 명 정도가 눈에 띄었지만 대부분 비몽사몽인 듯 보였다.

'저 가녀린 몸에서 근성이……'

용호는 감탄할 수밖에 없었다. 새벽 다섯 시까지 남아 있는 개발자들 중 유일한 여자였다.

서보미가 완전히 시야에서 사라지자 용호가 은근슬쩍 자리로 가보았다.

다행히 컴퓨터에 비밀번호는 걸려 있지 않았다.

```
//FIXME
Master Node의 작업 분배 문제 검토
//XXX
Master Node와 Slave Node간의 통신 속도 개선
```

"꼼꼼하긴 하네."

서보미는 아직 해결되지 못한 문제에 대한 주석을 달아놓았다. 정해진 규칙은 아니지만 주석에 달려 있는 FIXME는 고장난 부분이라는 표시였다.

XXX는 코드가 문제를 일으키고 있거나, 이미 구현된 기능이지만 나중에 재작업이 필요하다는 표시로 프로그래머들 사이의 암묵적인 약속이었다.

그런 부분들에 대한 표현이 빠지지 않고 쓰여 있었다.

"아직 신입인데… 코드도 깔끔하고, 신입이 짠 게 맞는 건가."

용호가 졸린 눈을 부비며 다시 확인해 보았다. 혹시나 잠에 취해 잘못본 건 아닌지 확인해 보기 위해서였다.

몇 번을 다시 보았지만 자신이 잘못 본 게 아니었다.

군더더기가 없는 코드, 마치 버그 창에 나온 안내대로 작성한 코드 같았다.

이내 동이 터오고 사람들이 대강당으로 차츰 들어오기 시작했다. 서보미의 자리에 앉아 있던 용호도 그제야 대강당을 빠져나가 숙소로 돌아갔다.

이미 아침 해가 밝은 지 오래였다. 점심이 다 돼서야 용호는 침대에서 일어났다.

"밤새우는 건… 영 피곤하네."

숙소로 돌아와 누운 게 여섯시쯤이었다. 뒤척이다 잠이 들었으니 아침 일곱 시가 다 돼서야 잠에 들었다는 말이었다.

목을 주무르고, 혼자 어깨를 토닥여 봐도 뭉친 근육은 풀어지지 않았다.

흡사 누군가 만 근짜리 추를 달아놓은 듯했다.

"밤새는 건 되도록 피하자."

겨우 자리에서 일어난 용호가 창가에 쳐져 있는 커튼을 펼쳤다. 눈앞에 반짝이는 다이아 알갱이들이 흩뿌려져 있었다.

반짝거리는 눈부심에 쉽게 눈을 뜰 수 없었다.

"그럼 오늘도 파이팅해 볼까!"

기지개를 편 용호의 그림자가 유난히 크게 보이는 아침이었다.

                    *   *   *

```
//FIXME
Master Node의 작업 분배 문제 검토.
/***
*가중치 라운드 로빈 방식을 사용하고 부하를 분산시킴.
*해당 컴퓨팅 파워보다 많은 양을 주고 있음.
*동적으로 자원을 가져 오기 전 테스트를 위해 상수를 사용.
*상수는 별도로 빼, 한곳에 집중시키는 것이 버그를 줄임.
/
```

서보미는 자리에 앉아 마자 사방을 두리번거렸다. 어제까지
는 없던 주석이 몇 줄 추가되어 있었다.

'누, 누구지. 손 부장님인가.'

회사에서 믿고 의지하는 사람들 중 한 분이었다. 실수에 대
한 질책보다 노력에 대한 칭찬을 더 많이 해주셨다.

그랬기에 지금까지 버틸 수 있다는 생각도 종종 했다.

'상수라······.'

상수, 항상 일정한 값을 가지는 수를 말한다. 프로그래밍에
서 상수를 사용한다는 것은 해당 값은 특정 값으로 고정시킨
다는 의미였다.

화면에 남겨진 주석은 해당 부분에 문제가 있다는 뜻이었다.

코드를 살펴보던 서보미가 탄성을 내질렀다.

"아!"

상수를 전역 변수로 선언하여 한 곳에서 관리하는 것이 아니라 이곳저곳에서 선언하여 사용하다 보니 한 곳에 다른 값이 들어가 있었다.

프로그래머들이 가장 많이 하는 실수인 오타였다.

"역시 잠은 자면서 해야 되는 건가."

새벽 시간, 꾸벅꾸벅 졸면서 코딩을 하다 보니 실수를 한 듯했다. 서보미는 다시금 무아지경 수준의 집중력을 보이며 빠른 속도로 타자를 쳐나가기 시작했다.

용호는 대강당을 둘러보며 아무렇지 않은 척 한 번씩 서보미 쪽으로 눈을 힐끗거렸다.

고심하던 모습은 사라지고, 열정에 불타는 모습만이 남았다.

'잘 해결됐나 보네.'

뿌듯한 마음에 입가에 절로 미소가 흘러나왔다. 용호는 시선을 돌려 대강당을 돌며 조언을 해주고 있는 손석호 쪽을 바라보았다.

'손 부장님도 이런 마음이었나.'

신세기를 다닐 때의 추억이 새록새록 떠올랐다. 하지만 그때와는 조금 달랐다.

손석호가 용호를 보며 뿌듯해했던 건 사실이다. 하지만 용호가 서보미를 볼 때 느끼는 건 뿌듯함만이 아니었다.

약간의 설렘이 희미하게 뿌려져 있었다.

어느 누가 그러지 않을 수 있겠는가.

남자는 카스퍼스키, 여자는 서보미.

Fixbugs를 대표하는 미남, 미녀였다.

* * *

자리에 앉아 있기가 무료했던 카스퍼스키도 대강당을 둘러보았다. 카스퍼스키의 호기심을 자극하는 신기한 생물체가 하나 있었다.

천천히 그 뒤로 다가가 뭘 하고 있는 살펴보았다. 오래 지켜볼 필요도 없었다. 카스퍼스키는 서보미의 뒤에 서자마자 현재 진행되는 작업이 어떤 것인지 알 수 있었다.

"그렇게 하면 안 돼."

이내 카스퍼스키는 서보미가 듣지 못한다는 것을 깨닫고는 서보미의 눈앞에서 허리를 숙이고는 집게손가락을 흔들었다.

그럼에도 서보미는 눈썹 하나 까딱하지 않았다. 주변 상황이 전혀 눈에 들어오지 않는 듯 보였다.

"……"

완벽한 무시.

카스퍼스키는 다시 서보미의 뒤로 돌아갔다. 그러고는 팔짱을 낀 채 서보미의 등 뒤에서 유심히 코드를 살펴보았다.

"안 된다니까."

소용없다는 걸 알고 있었지만 자신도 모르게 중얼거렸다.

카스퍼스키는 할 수 없다는 듯 길고 날렵한 손가락을 뻗어 모니터의 한 지점을 가리켰다.

그제야 서보미도 정신을 차린 듯 고개를 돌려 뒤를 돌아보았다.

"이 부분, 안 돼. 지워. 489라인도 마찬가지."

"네, 네?"

"실력이 형편없구나."

당황하는 서보미의 모습을 보자 얼음장같이 굳어져 있던 카스퍼스키의 얼굴이 조금씩 풀리기 시작했다.

방금 전 자신을 무시했던 것에 대한 자그마한 복수였다.

*　　　　*　　　　*

이틀간의 대장정도 막을 내릴 때가 왔다. 자유 여행에 이은 해커톤까지, 나름 알찬 워크숍이라는 생각이 직원들의 머릿속을 가득 메웠다.

대단원의 결말만을 남겨두고 있었다.

마지막 순서로는 시연회가 예정되어 있었다. 해커톤에서 진행했던 각자의 노력들을 사람들 앞에서 간략하게 발표하는 시간을 가지기로 한 것이다.

아직 직원이 많지 않았기에 가능한 일이다. 앞으로 직원이 삼백 명, 오백 명, 천 명씩 넘어간다면 직원 한 명, 한 명의 노력들을 살펴보지 못할지도 모른다.

그랬기에 꼭 필요한 과정이기도 했다. 기존의 직원들이 용호가 생각하는 회사의 문화를 정착시키고, 앞으로 들어오게 될 직원들에게 전파하기 위해서.

"현재 Fixbugs에서 제공하는 버그 통계의 비주얼적인 부분이 약하다는 판단하에 시각적인 부분에 신경을 쏟았습니다."

한 사람씩 앞으로 나와 5~10분가량의 시연회 시간을 가졌다. 대부분의 결과물이 앱이나 웹과 같은 프론트 엔드 기술에 집중되어 있었다.

그렇다고 새로운 기술을 만든 건 아니었다. 그저 기존에 나와 있던 오픈 소스들의 조합이 대부분이었다.

이틀이라는 짧은 시간을 감안한다면 충분히 있을 법한 일이었다. 새로운 기술을 구현하기에는 절대적인 시간이 부족했다.

앱, 웹. 그리고 다시 앱으로 구현된 결과물들은 서비스 기반의 아이디어들이 대부분이었다.

이런 서비스를 추가하자.

저런 서비스를 추가하자.

그렇게 시작된 아이디어를 프로토 타입으로 구현하는 것에 개발자들의 역량이 집중되어 있었다.

시연회 시간이 삼분의 이 정도가 지날 즈음, 서보미의 차례가 돌아왔다.

"자, 그럼 다음 분."

앞으로 걸어 나온 서보미가 노트북 화면을 스크린과 연결시켰다.

검정색 화면에 깜박거리는 커서 하나, 다른 참가자들과 사뭇 다른 모습이었다.

"근래 도커라는 컨테이너 관련 기술이 각광을 받고 있습니다. 저는 이런 컨테이너 기술 및 하드웨어 간의 분산 처리를 간편하게 만들어줄 수 있는 서버용 OS를 한번 만들어보았습니다."

그러고는 CLI(Command Line Interface)창에 몇 가지 명령어를 입력했다.

```
add —slavenode 192.168.10
add —slavenode 192.168.11
add —slavenode 192.168.12
```

"이 세 가지 명령어만 입력하면 현재 화면에 보이시는 세대의 핸드폰이 Mater Node에 등록되는 겁니다. 그러면 Master Node에서 계산 작업을 하나 실행시켜 보겠습니다."

서보미는 실행 전 로그를 볼 수 있는 화면을 하나 띄웠다.

```
Work Start……
```

이내 일부터 백만까지 더하는 작업이 세 대의 핸드폰에 나뉘어져 계산되기 시작했다.

백만까지의 계산이 채 마무리되기 전 또 다른 로그가 화면
에 나타났다.

　Work fail, restart please…….

　결과는 실패였다.

Chapter 10
도약을 위한 발판

보미야!

친구들에게 둘러싸인 서보미가 가지런한 치아를 드러내 보이며 환한 미소를 보였다. 화면은 빠르게 전환되며, 숨을 쉴 수 없었던 끔찍했던 순간으로 이동했다.

온몸이 물에 잠겨 아무리 발버둥 쳐도 깊게 침잠해 가기만 했던 순간, 죽음이 바로 코앞에서 자신에게 손짓하던 그때였다. 아이러니하게도 죽음의 손짓 바로 뒤 밝은 햇볕이 내리쬐고 있었다.

수면 아래로 내리쬐는 햇볕이 마치 천국으로 이어진 길 같았다.

그 위로 누군가가 손 하나를 뻗었다.

절대 뚫리지 않을 벽처럼 자신과 세상을 막아서고 있던 바닷물을 헤치며 다가오는 손 하나.

자신을 구원해 줄 동아줄이었다. 그 손을 잡기 위해 팔을 뻗는 순간 서보미가 거친 숨을 토해내며 잠에서 깨어났다.

"허 억, 허… 억."

길고 긴 악몽이었다.

어젯밤 친구와 함께한 술자리의 여파로 머리는 깨어질 듯 아파왔다. 한턱낸다는 것이 술이 술을 먹는 지경까지 갔다.

"…벌써 일주일이 지난 건가."

그 아찔한 경험을 한 지도 일주일이 지났다.

＊ ＊ ＊

시연회가 모두 끝나고, 최종 우승자 발표만을 남겨두었다.

서보미는 반쯤 포기 상태였다. 자신만만하게 시작했지만 운영체제라는 벽은 높았다.

사실 잘 몰랐기에 도전할 수 있는 면도 있었다.

하룻강아지 범 무서운 줄 모른다고 했다.

근래 연속적으로 회사에서 중책을 맡아 일을 진행하다 보니, 뭐든 해낼 수 있다는 자신감이 붙어 있었다.

자신감을 동력 삼아 도전했다.

"하아… 일단 돌아갈 수 있는 프로그램이나 만들걸."

서보미는 절로 한숨이 새어져 나왔다. 다른 사람들처럼, 무난한 걸 만들었으면 하는 아쉬움에 후회가 끊이질 않았다.

운영체제는 돌아가지 않았고, 결국 실패로 막을 내려야 했다.

하지만 서보미만이 아쉬워하고 있는 건 아니었다.

대강당에 모인 사람들 중 아쉬움이 남지 않는 사람은 없어 보였다.

"나는 안 되겠지."

반쯤 포기한 상태의 서보미가 실낱같은 희망을 건 채 용호의 발표를 기다리고 있었다.

손석호가 물어도 용호는 흔들림 없는 표정을 유지했다. 굳게 닫힌 입술이 결정을 번복하지 않겠다는 뜻을 분명히 나타내고 있었다.

"…정말 생각에 변함은 없는 건가?"

"네, 이대로 발표할 생각입니다. 이게 앞으로 우리 회사가 나아갈 방향이기도 하고요."

용호의 말에도 손석호의 우려는 불식되지 않았다.

"직원들의 반발이 만만치 않을 텐데도?"

"한 회사의 수장이 되고부터 어떻게 회사를 이끌어가야 할까, 수많은 고민을 했습니다. 서로의 가치관이 맞지 않아, 모래알처럼 흩어지는 회사도 보아왔고요."

손석호에게 좀 더 자세히 자신의 결정을 설명해 나갔다.

"회사가 커지면서 도전은 줄어들고, 해왔던 것에 대한 관성에 끌려다니는 모습 또한 많이 보아왔습니다. 그랬기에, 비록 실패하더라도, 무모하더라도 도전하는 행동이 필요합니다."

용호의 굳은 의지에 손석호도 더 이상 부연하지는 못했다. 어차피 자신은 사장이 아니다.

그저 몇 마디, 거들 뿐이다. 용호가 결정했다면, 그 결정이 그리 비합리적이지 않다 해도 따르는 게 맞는 일이다.

"그래, 그런 면도 필요하긴 하지… 그렇지만……."

"부장님의 우려는 충분히 알아들었습니다."

더 이상 뒷말은 나오지 않았다. 어차피 제임스나 카스퍼스키는 그저 따를 뿐이다.

미국에서 근무하는 데이브나 제시도 마찬가지였다. 설득의 대상이 아니었다.

뒤편에 있던 용호가 단상 위로 올라갔다. 수상자를 발표해야 할 시간이다.

*　　　　*　　　　*

시상식이 끝나고 사람들의 축하 인사가 이어졌다.

"서보미 씨, 축하해요."

"아, 감사합니다. 감사합니다."

인파 속에 둘러싸인 서보미는 인사하기에 바빴다.

그 속에서 수염이 덥수룩하게 난 나대방이 나타나 축하 인사를 건넸다.

"메인 프로젝트로 승격이라니, 이거 우승한 저보다 오히려 더 잘된 거 아닙니까."

"아, 아닙니다. 부사장님."

나대방의 출현에 사람들이 곱지 않은 시선으로 나대방을 바라보았다.

누구도 인정할 수밖에 없는 결과물로, 부사장이 직접 개발에 참여해서 우승을 따내 갔다.

곱지 않은 시선이지만 인정할 수밖에 없다.

누구도 토를 달 수 없을 만큼 완벽한 결과물을 자랑했다.

"하하하, 앞으로 저한테 뺏기지 않으려면 다른 분들도 분발하셔야 할 겁니다."

서보미에게 축하 인사를 건넨 나대방이 호탕하게 웃으며 자리를 빠져나갔다.

사람들에게 잡힌 서보미는 여전히 대강당을 빠져나오지 못한 채 인사를 나누기에 정신이 없었다.

방으로 돌아온 뒤에도 서보미는 얼떨떨하기만 했다. 자신이 제작한 운영체제가 회사의 메인 프로젝트로 승격되다니, 해당 프로젝트에서 매출이 발생하고 수익이 생기면 일정 부분이 인센티브로 지급된다.

돈 천만 원이 문제가 아니었다.

정말 잘되기만 한다면 팔자를 고칠 수도 있다.

'좋은 기회이기는 한데 정말 사장님의 말대로 될까……'

용호의 말들은 일견 무모해 보였다.

운영체제 개발이라니… 수많은 기업이 도전했지만 실패했다. 정부에서 정책적으로 개발한 K—DOS라는 프로젝트 역시 결국 실패로 끝났다.

그 외에도 무수한 민간 기업들이 운영체제라는 꿈을 좇았지만 하나같이 고배를 마셔야 했다.

그만큼 어렵다는 말이다.

기술력에서부터 운영체제 사용자 확보까지, 거기에 기존 OS들과의 호환성 고려… 어느 것 하나 간단한 일이 없었다.

'될까가 아니라… 되도록 해야겠지.'

이제 회사의 일이 아니다.

자신의 일이 되었다.

메인 프로젝트로의 승격, 성공했을 때의 보수를 받기 위해서라도 꼭 성공해야만 한다.

＊　　　　＊　　　　＊

"꼭 그렇게 해야만 했냐?"

"분명 직원들에게도 자극제가 되었을 겁니다."

우승자 나대방, 그가 만든 건 일종의 IoT 제품으로 웹을 통해 커피를 뽑아 먹을 수 있는 제품이었다.

온도 조절에서부터 부루잉까지, 이틀 만에 만들었다고 하기에는 상용 제품이라 해도 믿을 만큼의 퀄리티였다.

나대방은 자신의 결과물이 자랑스러운지 연신 방에 놓아 둔 커피 머신을 쓰다듬으며 커피 한 잔을 뽑아 용호에게 건넸 다.

"이게 바로 일석삼조 아닙니까. 우승도 하고 커피도 먹고 직 원들에게 동기부여도 하고."

"…너한테나 그렇겠지."

나대방이 정말 아기 분유값이나 벌자고 해커톤에 참가한 건 아니었다.

개발자들 대부분이 회사 경영진에 대해 생각하는 것이 하나 있다.

개발도 제대로 모르면서.

나대방은 그러한 불신을 불식시키고자, 직접 해커톤에 참여 한 것이다.

"그래, 너 잘났다. 잘났어."

용호도 잘됐다고 생각했다. 직원들과 함께 개발을 해본 지가 언제인지 기억도 잘 나지 않았다.

몇몇 소수의 인원들과 개발에 대한 소통을 하다 보니, 직원 들도 용호가 어느 정도의 실력인지, 나대방이 정말 개발 능력 을 가지고 있는지에 대한 의문이 생길 법하다 여겼다.

이번 기회에 그러한 의문을 종식시키는 것도 나쁘지 않았다.

나대방이 자신의 커피 머신에서 뽑아낸 커피를 들이켜며 물 었다.

"K—DOS는 또 어떻게 아셨대요?"

"공공 기관에 참여하면서 한번 리서치를 해봤지. 정부가 어떤 일들을 하고 있는지."

K—DOS.

90년대 초반 한국컴퓨터연구조합에서 만든 한국형 운영체제였다. 아마 한국형이라는 것에서 대부분 느꼈을 것이다.

여지없이 실패했다.

MS—DOS와의 호환성 문제, 각종 버그로 사용자들의 외면을 받고 흔적도 없이 사라졌다.

타이젠, 바다, 티맥스 윈도우 등등 우리나라에서 만든 운영체제들은 하나같이 실패의 길을 걸었다.

"그렇게 잘 아시는 분이 왜 운영체제를 개발하겠다고……."

나대방은 용호의 계획을 듣고 사실 불안하기도 했다. 운영체제는 핵심 중에 핵심이다.

소프트웨어 개발에 나오는 대부분의 개념들이나 구조적인 설계 방법, 컴퓨팅 자원 관리는 운영체제에서 나왔다고 해도 과언이 아니다.

그만큼 수많은 기술들이 접목되어 있는 것이 운영체제다. 서보미가 실패한 건 어쩌면 당연한 일이었다.

"버그를 고쳐서 회사를 키우는 데는 한계가 있어. 너도 잘 알 거 아냐."

"……."

"일반 소비자들에게도 팔 수 있는 제품이 필요해. 더구나 운영체제는 없어서는 안 되는 기본적인 프로그램이고."

"어차피 만들어봤자 써줄 데도 없을 것 같은데……."

나대방은 우려는 멈추지 않았다. 용호를 믿고 있지만 할 말은 해야 했다.

믿는 것과 의견을 나누는 것은 다르니까.

"물론 지금이야 그렇겠지. 이미 스마트폰 OS는 양분 체제고, 일반 PC 시장이나, 서버용 OS 역시 수많은 업체들이 저마다의 기술을 뽐내며 시장에서 굳건히 버티고 있으니까."

"말 안 해도 잘 아시니 다행이네요."

나대방의 목소리가 조금 누그러졌다. 용호가 생각보다 공부를 많이 했는지 알고 있는 지식이 상당했다.

"그래서 하드웨어 업체도 같이 사려고 한다."

"네?"

이건 나대방도 듣지 못했던 이야기다.

하드웨어 제조업체를 산다니 용호의 말을 들은 나대방은 순간 용호가 미쳤다고 생각했다.

"무, 무슨 말씀을 하시는 겁니까. 거짓말이죠?"

"아니, 알아보니까. 시장에 천 억짜리 매물이 나왔더라. 너도 알지 판텍이라고."

"…혀, 형님."

나대방도 물론 알고 있는 회사였다.

핸드폰 업계의 후발 주자로 얼마 전 최종 부도 처리되었다는 뉴스를 접했다.

"팬텍을 사서, 모듈형 스마트폰을 만들 생각이다. 그리고 우리 제품에 들어가는 OS를 만들 생각이야. 물론 기존 스마트폰 앱들과는 호환이 돼야겠지."

"그, 그건 다른 곳에서도 어려움을 겪고 있는 프로젝트 아닙니까."

이미 기존에 조립식 핸드폰에 대한 연구는 진행되고 있다. 핸드폰 카메라, 스크린, 사운드 장치 등등을 소비자 취향별로 구매하여 조합하면 하나의 스마트폰이 되는 프로젝트.

프로젝트 '아바'였다.

시작한지 몇 년이 되었지만 아직 제대로 된 결과물은 공개되지 않고 있었다.

그사이 스마트폰의 혁신은 더 이상 이루어지지 않고, 시장은 고착화되어 있었다.

"그래서 제임스에게 부탁했지."

"어쩐지……."

근래 제임스가 게임에서도 손을 떼고, 뭔가에 열중하고 있다고 생각했다. 별로 할 일도 없을 텐데 항상 바빠 보였다.

"서울로 올라가면 본격적으로 준비를 해야 할 거야. 잘되면 테헤란로를 통째로 사서. 미국의 실리콘밸리나 중국의 중관춘처럼 만들어 버릴 테니까."

용호의 포부에 나대방은 더 이상 말을 잇지 못했다. 들고 있던 커피가 다 식도록, 그저 멍하니 용호를 바라볼 뿐이었다.

　　　　*　　　　　*　　　　　*

　물을 한 모금 마시고 나자 그제야 정신이 맑아지는 듯했다. 서보미는 서울로 올라오는 내내 두근거리는 심장을 멈추지 못했다.

　메인 프로젝트로 승격이라는 기쁜 소식을 어서 나누고 싶었다. 단 하나 남은 친구를 불러내 이야기를 나누다 보니 탁자 위에는 어느새 소주병들이 널브러져 있었다.

　정신을 차려보니 집이었다.

　"정말 사장님 말처럼만 된다면야."

　용호가 밝힌 포부에 몇몇 직원들은 반대 의견을 쏟아내기도 했다. 너무 위험하다, 무모하다, 결국 실패할 것이다가 주된 이유였다.

　실패해도 우리는 도전해야 합니다. 얼마 전 미국 스페이스X에서 몇 번의 실패 끝에 결국 로켓 발사체 회수에 성공했습니다.

　누구나 다 실패할 거라고 했습니다.

　하지만 결국 그들은 해냈습니다.

　실패가 없었다면 성공하지 못했을 겁니다.

　우리도 할 수 있습니다.

　술에서 깨어난 서보미가 의지를 다졌다.

　"하여간, 무조건 되게 해야 돼."

아픈 머리를 부여잡고 다시 책상 앞에 앉았다. 꿈은 악몽이었지만 현실은 정반대였다.

*　　　*　　　*

무모하지만 계획적이다. 무작정 덤비는 건 아무런 도움이 되지 않는다.

철저히 계획하에 진행했을 때 실패에 대한 반성을 할 수 있다. 그저 기분 내키는 대로 감정적으로 일을 진행하면 실패는 실패로 끝날 뿐이다.

성공을 위한 발판이 되지 못한다.

용호가 비행기를 타고 오랜만에 실리콘밸리를 찾은 이유였다. 공항에는 오랜만에 보는 데이브와 제시가 마중을 나와 있었다.

"잘 있었어?"

제시는 그새 더욱 화사하게 변해 있었다.

데이브는 제시와의 삶에 만족을 느끼는지 예전보다 통통해져 있었다.

"잘 왔다."

데이브가 먼저 제임스와 포옹했다. 이내 용호와도 인사를 나누었다. 두 눈에는 반가움이 가득했다.

인사를 나눈 용호가 데이브의 뒤편에 서 있는 사람을 바라보았다.

얼마 전 한국에 방문했었던 제프가 그곳에 서 있었다.

"바로 갈까?"

용호를 보자마자 제프가 물었다. 어차피 관광을 목적으로 온 것이 아니었다.

뿐만 아니라 이미 몇 년을 실리콘밸리에서 살았으니 관광은 충분했다. 공항을 나온 용호는 바로 대기하고 있던 차에 올라탔다.

"운영체제와 그 운영체제가 돌아갈 하드웨어를 동시에 만들겠다고?"

"버그를 해결하는 걸로는 한계가 있으니까요."

용호의 말은 제프도 충분히 동의하는 바였다. 버그 해결이라는 것은 결국 한계가 있다.

주 소비자 층은 개발자다. 또는 기업에 소프트웨어를 담당하는 개발자였다. 일반 인구 대비 개발자는 극히 소수, 매출에 한계는 명확했다. 또한 버그는 자체적으로 해결하는 경우가 많았다.

자사의 핵심이라 할 수 있는 코드를 다른 회사에 넘겨 분석을 받는 것 자체를 꺼리는 것이다.

"물론 그렇기야 하지만……."

"그쪽 담당자는 뭐라고 하던가요?"

"흥미를 보이기는 했지만, 직접 만나보면 알게 되겠지."

"벌써 출시가 미뤄진 게 두 번이니 뭔가 문제가 있는 게 분명

할 겁니다."

용호가 말하는 건 쿠글의 '아바' 프로젝트였다. 스마트폰을 조립식으로 사용하여 단가를 낮추고, 가구의 절대자 이케아처럼 사용자들에게 새로운 경험을 주겠다는 것이다.

하지만 이미 몇 번이나 출시가 연기되고 있다.

"그러기야 하지만 자네가 말한 대로 순순히 협력하려 할까?"

"그럴 수밖에 없을 겁니다. 제가 준비를 단단히 해왔거든요."

말을 하던 용호가 제임스 쪽을 바라보았다. 용호와 눈이 마주친 제임스가 고개를 끄덕였다.

문제없다는 뜻이었다.

*　　　　　*　　　　　*

스마트폰에 들어가는 OS는 일차적으로 가벼워야 한다. 여기서 가볍다는 말은 물리적으로 OS의 용량 자체가 적어야 한다는 뜻이기도 하고, 최소한의 프로세스로 스마트폰을 관리할 수 있어야 한다는 말이기도 했다.

스마트폰의 양대 산맥이라 할 수 있는 쿠글의 인드로이드는 네 개의 계층으로 이루어져 있다.

우리가 눈으로 보고 사용하는 어플리케이션 계층, 어플리케이션이 호출하는 API들로 구성되어 있는 어플리케이션 프레임 워크 계층, 그리고 라이브러리와 하드웨어와 연결되는 커널 단 등이 존재한다.

용호는 자신이 분석해 온 그림을 보며 사람들에게 설명을 이어나갔다.

"그런데 모든 하드웨어에 대한 커널을 탑재한다? 아마 대부분의 사람들이 말도 안 된다며 고개를 저을 것입니다. 그래서 저희는 해당 하드웨어에 대한 드라이버를 인터넷에 올려놓고, 하드웨어와 연결 시 자동으로 다운로드하도록 구성했습니다. 이 부분에 대한 개발은 여기 제임스 연구원이 진행했습니다."

용호가 자리에 앉아 있던 제임스를 가리켰다. 그러자 몇몇 사람들이 손을 들고는 질문을 시작했다.

"그러면 인터넷이 없으면 안 되는 겁니까?"

"네. 저희는 인터넷이 된다는 전제 조건이 필요합니다."

"실물은 개발되어 있는 건가요? 개념적으로야 맞는 거 같긴 한데, 실물이 없다면 저희가 Fixbugs와 협력해도 아무 이득이 없는 걸로 보입니다만, 아시다시피 저희는 개발 완료 단계에 와 있는지라."

직원의 말에 용호가 제임스에게 눈짓했다. 제임스는 자신의 자리 바로 아래에 놓여 있던 가방을 들어 올려 책상 위로 꺼내놓았다.

그러고는 그 안에 있는 물건들을 하나둘씩 꺼내기 시작했다.

용호가 그중에서 정사각형의 보드를 하나 꺼내 들었다.

"여기 보시는 사각형이 메인 칩셋입니다. 이곳에 다양한 센서 및 부품들을 꽂을 수 있도록 되어 있습니다."

용호가 탁자 위에 있던 몇 가지 부품들을 꽂은 후 기동시켜 보았다. 그리고 단 한 건의 버그도 발생하지 않았다.

*　　　*　　　*

쿠글과 협력해야 하는 가장 큰 이유 중 하나는 인증이다.

쿠글의 인증을 받지 못하면 '마켓'을 이용할 수가 없다.

세계에서 가장 많은 앱이 등록되어 있는 '쿠글 마켓'을 이용하지 못한다면 폰은 그저 전화기 그 이상의 역할을 하지 못한다.

중국에서 생산된 스마트폰을 보면 '마켓'이 설치되어 있지 않다. 쿠글 마켓이 아니라 중국 자체 별도 마켓이 설치되어 있다.

쿠글 인증을 받지 않았다는 뜻이다.

오픈 소스인 인드로이드는 누구나 사용할 수 있지만 '쿠글 마켓'은 인증받은 협력사들의 스마트폰만이 접근할 수 있다.

"마켓 사용도 못 하는 폰을 누가 사겠습니까. 중국처럼 자사 제품을 써줄 충성 고객이 있는 것도 아니고요. 형님도 잘 아시잖아요. 중국은 인구만 해도 13억입니다. 13억."

"그래서 네 말은 이걸 그냥 넘기자고?"

"자그마치 일억 달러입니다. 형님……."

용호의 단호함에 나대방은 애원하다시피 했다. 쿠글은 협력 관계 대신 상하 관계를 택했다.

용호가 개발한 스마트폰을 팔라는 것이었다. 자사의 '아바' 폰에 합쳐서 출시하겠다는 것이 주된 이유였다.

"내가 언젠가 너에게도 말했던 것 같은데, 나는 누구 밑에 들어가기 위해서 지금 이 일을 하고 있는 게 아니야. 그럴 거면 시작하지도 않았지. 이미 먹고살 만큼 충분한 돈도 모아 놨고."

주변을 둘러보니 하나같이 나대방과 비슷한 표정이었다. 제안을 거절한다면 용호가 만든 스마트폰은 결코 쿠글의 인증을 받지 못할 것이다.

쿠글 마켓에 등록된 수많은 앱들을 다운받지 못한다는 뜻이다. 단지 쿠글 마켓이 아닌 다른 앱 스토어에서는 앱을 다운받을 수 있다. 별도 다운로드를 통해 설치를 진행할 수 있다.

하지만 불편하다.

그렇게 다운받기에는 사용자 불편을 초래할 수 있었다. 이는 곧 스마트폰을 사용하지 않는다는 말과 일맥상통했다.

"그래서, 무슨 방안이라도 있는 거냐?"

제프가 예전의 냉소적인 표정을 지으며 물었다. 제프가 보기에도 용호의 현재 모습은 그저 오기에 불과해 보였다.

쿠글의 제안을 거절하겠다니, 일억 달러라는 액수는 결코 적은 금액이 아니다.

"데이브, 현재 우리 Fixbugs를 사용하고 있는 사용자 중에 앱 관련 소스는 얼마나 되지?"

"어제까지 통계를 내보면 만 개를 조금 넘은 걸로 보여."

"쿠글 마켓에 등록된 전 세계 앱 개수가 백 사십만 개니까, 이제 1% 될락 말락하는 시점이네."

"그렇지."

"그러면 앞으로 이렇게 하자, 우리가 지정하는 앱 스토어에 앱을 올리면 Fixbugs 사용료를 50% 할인해 준다고."

"응?"

"어차피 쿠글 마켓에 앱을 올렸다고 해서 다른 앱 스토어에 앱을 못 올리는 건 아니잖아. 그렇지?"

"맞아."

용호의 말대로였다. 오픈 소스였기에 어디든 앱을 올릴 수 있었다. 폐쇄적인 정책을 펼치고 있는 GOS 측과는 달랐다.

GOS의 앱은 오직 해당 회사의 앱 스토어에서만 다운받을 수 있도록 되어 있다.

"Fixbugs가 정말 가치가 있는 프로그램이라면 사람들이 우리가 지정하는 앱 스토어를 사용하겠지."

"그럼 그 앱 스토어는 어디로 하려고?"

"어디로 할까? 에이버? 아니면 KO 통신사 앱 스토어? 할 데 야 많지. 정 아니면 우리가 직접 만들어도 되고."

"……"

지금 당장 앱 스토어를 만들기에는 무리가 있다. 그전에 과연 정말 Fixbugs의 가치가 어느 정도인지 확인해 볼 필요도 있었다.

용호는 쿠글이 제시한 일억 달러의 제안을 정중하게 거절한

후 바로 다음 날 Fixbugs 50% 할인 이벤트를 공식 사이트에 공지했다.

*　　　*　　　*

개인이 '앱'이라는 소프트웨어를 만들어 올릴 수 있는 '마켓' 이 나오고부터 '1인(人) 개발사'가 전 세계적인 트렌드로 자리매 김하고 있었다.

유럽, 미국, 중국, 인도 등 수많은 나라에, 수많은 개발자들 이 마켓을 통해 수익 활동을 영위하고 있었다.

그러한 트렌트의 방점을 유니티라는 게임 엔진이 찍었다.

간단한 인터페이스로 게임을 만들 수 있는 프로그램 유니 티.

모바일 게임 개발사의 절대 다수가 유니티라는 게임 엔진을 주요 개발 툴로 사용했다.

유니티라는 엔진이 좋은 이유는 단순히 사용이 편리하기 때 문만이 아니었다.

혼자서도 개발이 가능하도록 디자인 리소스나 간단한 물리 적인 구현 코드들을 자체 마켓에서 구매할 수 있도록 해놓았 다는 점, 그리고 하나의 개발 툴로 웹, 윈도우 환경, 모바일 환 경으로 게임 앱을 뽑아낼 수 있다는 점, 이른바 '원 소스 멀티 유즈'의 전형이었다.

이 유니티라는 게임 개발 엔진이 나오고 나서부터 1인 개발자들이 눈에 띄게 늘었다.

"C# 코드나 자바 스크립트 코드는 특별히 신경 쓰도록 해."

유니티에서 사용하는 언어가 C#과 자바 스크립트였다. 또한 사용자가 실제 스마트폰에 설치하는 앱의 대부분을 게임이 차지하고 있다.

돈을 사용하는 것도 마찬가지였다.

쿠글 마켓 수익의 대부분이 게임을 통해서 발생한다.

용호는 이 게임을 뽑아내는 유니티에 특별히 더 신경을 쏟았다.

"그리고 만약 인기 게임이 될 것 같으면… Fixbugs 사용을 무료로 해준다고 해. 일단은 앱을 모으는 게 우선이니까."

국내의 앱 시장 규모는 4조 5천55억, 이 중에서 쿠글 마켓이 2조 3천349억 원(51.8%), 그리고 GOS 앱이 1조 4천96억 원(31.3%) 정도의 매출을 올렸다. 두 외국 업체의 점유율을 합치면 80%를 넘는다.

에이버 등 기타 앱 스토어의 점유율은 13% 정도밖에 되지 않았다.

그럴 수밖에 없는 것이 에이버의 앱 스토어는 '쿠글 마켓'에 등록조차 되지 않았다.

앱 배포 기능이 있으면 마켓에 등록조차 하지 못하도록 한 쿠글의 정책 때문이었다.

이에 에이버 앱 스토어는 포털을 이용하는 국내 사용자를 대상으로 할 수밖에 없었다. 그만큼 한계는 명확했다.

그 한계에 변화가 생기려 하고 있었다.

"응? 요즘 해외 쪽에서 우리 쪽으로 등록되는 앱이 상당하다?"

"그래요? 듣기로는 Fixbugs라는 업체에서 저희 쪽 앱 스토어에 앱을 등록하면 자사 서비스 사용료를 반값으로 깎아준다는 이벤트를 하고 있다던데, 그것 때문인가……."

"그런 게 있었으면 미리 말해줬어야지! 그쪽에 연락은 해봤어?"

"그냥 뭐, 그러다 말겠지 했죠."

대화를 나누던 중 앱 관련 통계를 모니터링하던 직원에게 문자가 하나 도착했다.

[사용자 급증 확인 바람.]

순간적으로 에이버 앱 스토어에 십만이 넘는 사용자가 접속을 시도했다.

"뭐, 뭐야. 확인해 봐."

혹시나 DDOS 공격을 의심한 직원이 빠르게 모니터링 시스템을 확인해 보았다.

다행히 DDOS 공격은 아니었다.

에이버 실시간 검색어 1등을 차지하고 있는 건 SUPERSEAL

의 신작 게임이었다.

　세계적인 게임 개발사 SUPERSEAL의 신작 게임이 선공개되는 장소가 에이버 앱 스토어라는 뉴스에 사람들이 몰린 것이다.

『코더 이용호』 9권에 계속…

초대형 24시 만화방

신간 100%, 샤워실, 흡연실, 수면실(침대석), 커플석, 세탁기 완비

▪ 시흥 정왕25시점 ▪

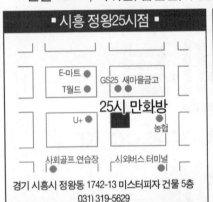

경기 시흥시 정왕동 1742-13 미스터피자 건물 5층
031) 319-5629

▪ 강북 노원역점 ▪

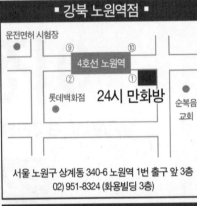

서울 노원구 상계동 340-6 노원역 1번 출구 앞 3층
02) 951-8324 (화용빌딩 3층)

▪ 일산 정발산역점 ▪

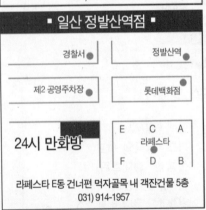

라페스타 E동 건너편 먹자골목 내 객잔건물 5층
031) 914-1957

▪ 일산 화정역점 ▪

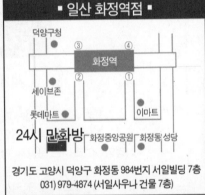

경기도 고양시 덕양구 화정동 984번지 서일빌딩 7층
031) 979-4874 (서일사우나 건물 7층)

▪ 부천 역곡역점 ▪

역곡남부역 기업은행 건물 3층
032) 665-5525

▪ 부평역점 ▪

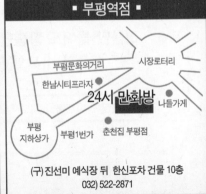

(구) 진선미 예식장 뒤 한신포차 건물 10층
032) 522-2871

탑 레시피가 보여!

FUSION FANTASTIC STORY

레오퍼드 장편소설

잔혹한 음모에 휘말려 모든 걸 잃은
칼질의 고수, 요리사 강호검.
그의 앞에 두 가지 기적이 벌어졌으니!

"내 손… 하나도 안 떨잖아……"

인생의 전성기로 되돌아온 그와
그의 앞에 나타난 기물(奇物), 요리사의 돌!

"네가 최고의 요리사가 되는 것이
이 아버지의 꿈이란다."

돌아가신 아버지와 자신의 꿈을 좇아
그가, 세계 최고의 자리로 향하기 시작한다.

Book Publishing CHUNGEORAM

유행이 아닌 자유추구 -
WWW.chungeoram.com

FUSION FANTASTIC STORY

자미손 장편소설

GRAND SLAM
그랜드슬램